寶盒裡有許多故事，
每個故事都帶給你驚喜。

故事奶奶的故事寶盒

作者◎溫小平　繪圖◎林傳宗

自序｜溫小平

故事寶盒裡有我的夢想

你想要認識故事奶奶這樣的人物嗎？

她的個性，樂觀開朗，喜歡幫助人，雖然沒有很多的錢，卻是一個富足的人，因為她充滿了愛心。

她的想像力豐富，曾經旅行各地，所以她的腦海裡有許多說不完的故事，她把這些故事寫成一本又一本的故事書。於是，人們叫她「故事奶奶」。

她的頭髮蓬鬆捲曲，好像許多小小的甜甜圈、洋蔥圈、花枝圈，或站或臥，在她的頭上擺出不同的姿勢。而且，隨季節變換不同的色彩。

她的笑聲有時候像夏天的雷雨，呵呵呵很大聲，有時候溫柔得像春天的毛毛雨，輕輕拂過我們的心田。

她的「故事寶盒」更是許多小朋友的最愛，寶盒中的任何一個故事，都能帶給小朋友快樂與幸福。

如果你想要認識她，那我可以告訴你，故事奶奶就是我未來的樣子，也是我未來的夢想。

有一天，我也會到達故事奶奶的年紀，我問自己，我要做什麼呢？可以自己快樂，也帶給別人快樂。

那就是寫故事、說故事。

因為我從小喜歡說故事，長大以後又愛寫故事，如果可以開一家書店，專賣給小朋友看的故事書，同時，說故事給小朋友聽，那該多棒啊！

我以前的夢想是環遊世界、當一位作家，現在，我的夢想已經完成一半多，這個世界走過不少地方，書也

寫了將近一百本。

於是，我給自己一個挑戰，我要繼續寫很多童書，最重要的是，要有一本可以讓全世界的小朋友都讀到，也是我這位台灣作家寫的童書。

不是我排外或是討厭外國人，只是我覺得，我們一直閱讀灰姑娘、白雪公主、賣火柴的女孩、阿拉丁神燈，卻沒有一本屬於我們中國人、台灣人的童書能夠行銷全世界，實在有點難過。

英國威爾斯的偏僻小鎮──威河鎮，有一位理查布斯先生，立志要開設全世界最大的舊書店，他果然達成了，而且還在世界各地都開設這樣的舊書店，我很欣賞他這樣做夢，並且實現夢想。

我的夢想是開一家書店，只賣童書，而且是來自世界各地的童書，在書店裡，有一個故事寶盒，不管你遇到什麼困難，只要抽出一本故事書，然後，你要的答案，就在這本書裡面。

我現在還沒有能力開這樣的一家書店，於是，我先寫了這本書——故事奶奶的故事寶盒，作為暖身。

目錄

寶盒之鑰 *1*
——讓我唱歌給你聽

寶盒之鑰2
——貧窮一點不丟臉

寶盒之鑰3
——驅走死亡的黑暗

寶盒之鑰 1

——讓我唱歌給你聽

不想再做倒楣鬼

曉恩剛剛夢到爸爸買了一支手機給他，就被媽媽叫醒了。

他瞄了一眼鬧鐘，「還很早，我還要睡。」他用棉被蓋住頭，避開窗簾拉開後的光線。

「起來啦！我們這裡離學校比較遠，你又想遲到啊？」

媽媽掀開他的棉被，曉恩這才想起來，他們已經搬家了，離開住了很多年的大廈，搬到窄小的公寓裡，學校也變遠了。

「你幫我轉學，我不要走那麼遠的路上學。」

「這個學校比較好，而且你跟老師同學都熟了，為什麼要轉學？」媽媽很有耐心的解釋。

「都是你害的啦！你為什麼要跟爸爸離婚，不然我們就不用搬家了。」曉恩不懂大人的愛情，他也不在乎爸媽是否天天吵架，他只知道爸媽離婚以後，他必須搬家，他也看不到爸爸，更不用說是爸爸每個月給他的零用錢也泡湯了。

媽媽氣沖沖的說，「生你這種小孩真倒楣，只會讓媽媽生氣，早知道當初就不要留下你。真是……？隨便你要不要起床，我要上班去了。」

門「碰」的一聲關上了，曉恩只好慢慢起床，慢慢穿衣，慢慢刷牙洗臉。坐在馬桶上，蹲了半天，上不出大號，憋了一肚子氣。他真不明白，爸媽懷錯了孕、結錯了婚、生錯了小孩，是他們自己的選擇，為什麼要怪到他頭上？

媽媽果然已經出門了，她把早餐留在桌上。曉恩拿起三明治，又乾又硬，大概又是麵包店快要過期的特價品，他配了豆漿也嚥不下去，眼淚快要流下來，「我怎麼這麼倒楣，想要吃一個御飯糰都不行，還罵我浪費。」

他穿上鞋子，鎖門上學，外套已經起毛了，褲子也變短了，他如果開口要媽媽買新衣服，媽媽一定又罵他：「小孩子不懂事，現在多麼不景氣，你知不知道？我沒有帶你去跳河就不錯了，給我乖乖閉嘴。」

他知道媽媽說的不幸故事，都是報紙上刊登的，沒有錢的人家，爸爸帶小孩跳河、媽媽帶小孩燒炭，也有的小孩自己上吊……，聽起來好可怕喔！他每次抱怨，媽媽就會不斷說給他聽。

轉出巷子，一輛摩托車突然衝出來，擦過他的身邊，嚇了他一大跳，他氣得跳腳，「喂喂喂！你撞到

我了，為什麼不道歉？」

機車騎士沒有理他，揚長而去。偏偏一隻流浪狗很不識趣的對著他狂吠，他舉起腳正要踢下去，經過的路人喝止他，「小朋友，怎麼這麼沒有愛心，不可以欺負動物。」

「那為什麼別人就可以欺負我？」曉恩環抱著胸，快要氣爆了，覺得全世界都跟他有仇。

反正他一整天都不順利，進教室撞到同學，考試睡著了被老師罵，借同學的手機玩壞了要賠……，哇！他氣得大叫，「跟你們做同學真倒楣，我要轉學！我要我媽媽幫我轉學！」

可是，卻沒有人理他，放學時候，只好一個人孤孤單單走回家。

走啊走的，前面一家小店聚集了一些人，大都是跟他差不多年紀的小學生，反正不急著回家，他也擠過去湊熱鬧，只見搖椅上坐著一位笑咪咪的奶奶，留著一頭紅色捲髮，戴著一副紅邊框的老花眼鏡。

「她在做什麼啊？變魔術嗎？」曉恩好奇的問。

旁邊的小女生用食指擱在嘴唇上，「噓！不要吵，故事奶奶正在說故事。」

曉恩抬起頭，這才看到小店的招牌「故事寶盒」，故事奶奶年輕的時候寫故事給大家看，當她年紀大了，就開了這家店，賣故事也說故事，甚至她心情好的時候，還會免費送故事書。

大家逐漸散去，曉恩也跟著想要走開，未料，故事奶奶卻招呼他說，「曉恩，歡迎你，你是第一次來嗎？」

曉恩被嚇到了，「你怎麼知道我的名字？」

「你的書包上有名牌啊！你想不想看故事？我可以送你一個故事喔。來，這是我的故事寶盒，裡面收藏了很多故事，你抽一個，看看上帝送你什麼故事？」

故事奶奶端著一只古舊的木盒子，盒蓋上雕著許多動物、花草的圖案，卻閃著奇異的光芒，好像裡面藏著許多珍珠瑪瑙等寶貝。

曉恩打開盒子，抽了一個故事，故事奶奶神祕的說，「你回家以後再打開來看。」

曉恩把掌心大的小小故事書捧在手心裡，不知道繽紛的五彩封面裡藏著什麼故事，因為興奮的緣故，回家的腳步快了起來。

坐在沙發上，就著窗外的光線，曉恩翻開了《愛唱歌的小鳥》故事書。

愛唱歌的小鳥

有一隻小鳥，他的羽毛沒有彩虹般的顏色，像灰色的天空，跟其他小鳥比起來，遜色很多，但是，他每天都唱著快樂的歌。

當早晨的微風吹過，他的羽毛被吹得蓬蓬鬆鬆的，他就覺得自己好像英勇的戰士，神氣的站在圍牆邊，保衛自己的國家。

他愈唱愈開心，愈唱愈大聲，歌聲傳得很遠很遠，聽到他的歌聲的人，都變得很快樂。

有一天，小鳥正在盡情高歌時，一隻雪白的貓躡手躡足走過來，用冷冷的眼光望著他，冷冷的說，「你不要再唱了，我的頭都被你吵炸了，你知不知道你的歌聲有多難

聽？你再唱，我就一口把你吃掉。」

小鳥嚇得全身發抖，他悄悄閉上嘴巴，也關閉了他快樂的心，低垂下頭。他這才知道，他不但長得醜，連歌聲都很難聽。

失去歌聲的早晨變得很安靜，同時也失去了生氣，微風經過的時候，看到小鳥瑟縮在圍牆邊哭泣，就問他說，「你是不是生病了？我為什麼聽不到你唱歌了？你知道嗎？我好喜歡你的歌聲，每天早晨聽到你的歌聲，我就會準時起床，上學也不會遲到，這兩天我被老師罵慘了，怎麼常常睡過頭？」

「真的？你喜歡我的歌聲？你不會覺得我的歌聲很難聽？」小鳥抬起頭，眼睛有了神彩。

「是啊！我飛過許多地方，覺得你的歌聲最動聽，讓人聽了很快樂，你要繼續唱歌喔！」

微風吹過去了，小鳥站上圍牆，抖動翅膀，清清嗓子，美妙的歌聲飄啊飄到了雲端，他又重新唱出了自己的快樂。

- 如果是你，你願意做愛唱歌的小鳥、愛抱怨的貓咪還是愛讚美的微風？
- 小鳥為什麼又繼續唱歌了？

曉恩闔上故事書，躺在沙發上，閉上眼睛沉思，他要做誰呢？如果他是小鳥，會不會氣得從此閉嘴不唱歌？

當然，他不可能變成小鳥，他只能做曉恩，那他是不是要做快樂的曉恩？把快樂帶給媽媽，還有已經離開他的爸爸。

說謊就像喝可樂

喜歡看漫畫、看電視卡通的竹軒，最不喜歡的就是永遠寫不完的功課。他問過班上考第一的廖老大，「每天讀書，你不煩嗎？」

「不會啊！讀書很有趣，可以增加我的知識。」廖老大笑嘻嘻的說。「我只要一天不讀書，就好像沒有穿衣服一樣。」

天哪！竹軒覺得真不可思議。他又問學生時代成績不怎麼理想的媽媽，「媽媽，你以前讀書的時候，再努力也考不好，你為什麼不乾脆放棄呢？」

「如果放棄了，我現在就不能做你媽媽了。」

媽媽說得很玄。

竹軒抓抓頭，他不懂媽媽說的話，難道，讀了書就比較會做媽媽嗎？可是，非洲的文盲很多，生出來的孩子照樣很多，可見得，媽媽說的不是真話。

既然找不到讀書的動力，竹軒乾脆按照自己的意思，活在漫畫與卡通之間，老師交代的功課，他自然就沒有時間完成了。

到了學校，老師問他：「你的作業呢？」

竹軒抓抓頭，「我爸爸……我爸爸昨天出國回來，很多行李要整理，我幫他忙，睡得太晚，忘了把作業放進書包。」他說了謊，有些緊張，喘著氣，幸好老師沒有發現。

過不多久，小乙踢了踢他的座位，問他，「你上次跟我借錢買漫畫，你說第二天要還我，都過了兩個

星期，錢呢？」

竹軒又是抓抓頭，「我放在書桌抽屜裡，忘了帶來。」事實是，他的零用錢早已經花完，他也不敢跟媽媽要錢，必須等到下一個月才有錢還小乙。

當他回到家，媽媽站在門口問他，「老師打電話給我，說你的作業沒有帶，到底怎麼回事？你是不是沒有寫？」

竹軒正要抓頭，怕媽媽窺知他在說謊，只好把手插在褲子口袋裡，說：「我本來已經寫好了，是同學惡作劇把它撕破了，我不敢告訴老師，怕老師處罰我同學，才說我忘了帶。」

晚上他坐在床上看漫畫，看得太專心，爸爸何時走進房間，他都不知道。爸爸抽走他的漫畫，厲聲問他，「你漫畫書的錢哪裡來的？」

「是……是我把看過的漫畫賣給同學，再去買新漫畫的。」

「是嗎？為什麼剛剛我接到你同學媽媽的電話，說你向同學借錢，拿去買漫畫，沒有還他錢？」爸爸瞪大眼睛。

竹軒的腦袋轉了轉，緩緩說，「爸爸，真相不是這樣，是我同學用錢買了漫畫，不敢告訴他媽媽，只好騙他媽媽借錢給我了。」

「喔！」爸爸似乎接受了竹軒的謊話，走出房門。

竹軒抓起枕頭，拋向空中，「萬歲，我的說謊功力第一流，大家都被我騙了，太棒了。」這種感覺就像在炎熱的夏天，喝下一大杯冰涼的可樂，只有一個字「爽」可以形容。

他繼續看漫畫，根本不想碰書包裡的作業。就這樣一天混過一天，他的謊言終於被拆穿，老師嚴肅一張臉問他，「葉竹軒，你到底想不想念書？你為什麼不肯寫作業？」

「我寫了啊！只是忘了帶。」竹軒臉不紅氣不喘的說。

「小乙已經告訴我了，你根本沒寫作業，也沒有還他錢，而且還把廖老大的手機弄壞了也沒有賠。」

「老師，你不要聽小乙的，他騙人，他故意栽贓害我……」

老師搖搖頭，「你這個孩子……，唉，你應該去看看醫生，是不是得了說謊病？」

班上同學擔心被他的說謊病傳染，都離他遠遠的，竹軒無法跟同學分享卡通的情節，也沒辦法跟同學交換漫畫，他變得好孤單。甚至經過教室走廊，別班同學也指指點點，「那個葉竹軒把說謊當可樂，千萬不要跟他做朋友。」

竹軒這才發現情況嚴重，他上課跟不上進度，他說話沒有人相信，就連班上成績最差的同學，也不屑理睬他，對他說，「我雖然成績不好、長得也不好看、我家也沒有錢，可是我不會騙人。」

放學的時候，他垂頭喪氣的走著，竟然撞向路邊的小貨車，額頭腫了一個包，他抬起頭來剛要開口罵貨車司機亂停車，卻發現司機正扶起跌坐在地上的故事奶奶，司機叔叔對他說，「小弟弟，我趕著去送貨，你幫我送這位奶奶回家，這是我的電話，有什麼事情可以找我。」

　　握著司機的名片，竹軒正要拒絕，只見故事奶奶站了起來，笑咪咪的說，「謝謝你啊！小弟弟，你送我回家，我可以送你一個偏方，治好你的說謊病。」

　　竹軒十分驚訝，故事奶奶竟然知道他的心事，就試試看吧！說不定真的可以讓他的病不藥而癒。

　　故事奶奶洗了臉、換了乾淨的衣服，端了一碗冰涼的愛玉冰給竹軒，「來，喝完以後，你可以在『故事寶盒』裡，挑一個故事。」

北極熊肚子餓了

因為全球暖化，北極的冰塊愈來愈薄，於是，海豹無法躲在冰洞裡，跑到別處去了，靠獵捕海豹填飽肚皮的北極熊，只好不停的在冰原上遊走，希望可以找到其他食物。

天氣逐漸變熱了，冰塊消失得更加快速，擔心秋天來臨還找不到獵物的北極熊非常著急，他笨重的身軀追不到海鳥，難道，他要尋找別的目標嗎？

北極熊坐在冰上，朝著海洋用鼻子嗅著，似乎嗅到了海象的味道，正準備跳下海追捕海象，一路追隨他的北極狐卻對他說，「我聞到海豹的味道從另一邊吹來，你不要到海裡去，你應該到冰原的另一端，我保證你可以大吃一頓。」

北極熊又深深吸了口氣，他想，北極狐要依靠他找到食物，一定不會騙他。於是，他調轉身體，朝冰原的深處走去，期待著可以遇見一隻死去的海豹，飽食一餐。

他愈走愈遠，氣溫也逐漸下降，當第一場雪飄了下來，北極熊已經又餓又累，終於不支倒地，雪花逐漸把他掩蓋住，他一動也不動的躺著。而那隻騙了他的北極狐，早就消失得無影無蹤。

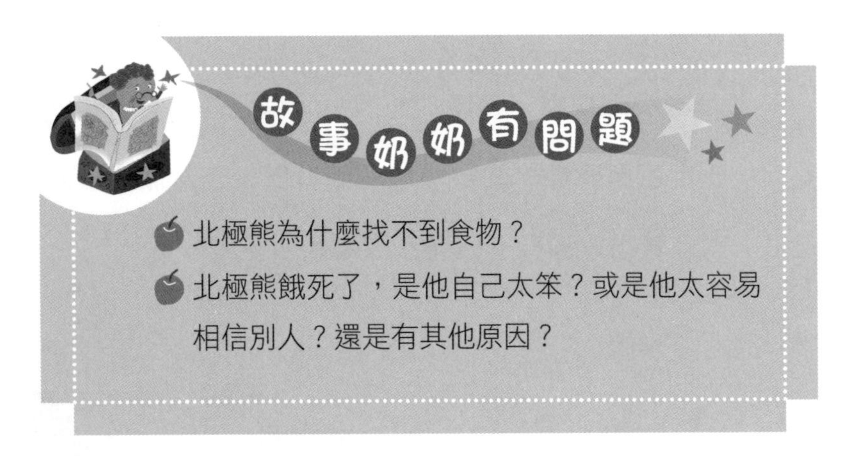

- 北極熊為什麼找不到食物？
- 北極熊餓死了，是他自己太笨？或是他太容易相信別人？還是有其他原因？

竹軒趁著故事奶奶走進廚房，拿起故事小書，悄悄走了。北極熊的身影一直在他眼前盤旋，他心裡爭辯著，他說的謊沒有那麼嚴重，他又沒有害死人。可

是，北極狐說謊時，也沒有想到他會害死北極熊吧！

等一下媽媽如果問他為什麼這麼晚回家，他如果照實說，他遇見了故事奶奶，送膝蓋破皮的故事奶奶回家，媽媽是不是認為他在說謊，以為他在外面玩耍，而會重重的處罰他？

好學生也有壞心眼

席丹、席青兄妹倆截然不同，席丹叛逆，爸媽說的話，他永遠唱反調，又不愛念書，國中就換了三所。席青卻乖順聽話，念書成績好，主動做家事，是爸媽眼中一等一的乖女兒、老師心中無人可以比擬的模範生。

席青的脾氣也控制得宜，不輕易發怒，說話更是節制得體。這天他們談到最近大人愛飆髒話的新聞事件，席丹的形容是「這些人說話像放屁一樣」，席青卻制止哥哥，「這樣說話很不文雅，變得我們跟他們一樣，應該是說他們有嚴重的口臭，會汙染空氣。」

媽媽一旁聽了直點頭，說：「小青啊！只要有人罵人，電視台應該來訪問你，換句文雅的話要怎麼

說？」

席丹氣得踢椅子，「罵人就是罵人，哪還分好聽不好聽？媽媽根本就是偏心，處處看我不順眼。」

雖然大家都給席青諸多的肯定，她也得到極多的讚賞，可是，在她心底深處，卻有著小小遺憾，那就是無論她多麼努力用功，就是贏不過班上第一名的小馮，每次成績公布，她都是躲在公寓屋頂大哭一場，氣自己的無能。

她只有更用功更拚命，考試前，電視不看、電話不接、電腦不玩，放棄所有的娛樂，全力衝刺，讀了一遍又一遍，恨不得把所有的書吃進肚子裡。

段考這天早晨，上學途中，她看到小馮從早餐店出來，手裡拿著土司夾蛋，低頭讀著課本，沒有注意到身後有一輛計程車靠近。

席青下意識想要警告他，心底卻突然冒出奇怪的想法，如果小馮被車撞了，他說不定就無法參加考試。也不過愣了幾秒鐘，她就聽到緊急煞車的聲音，小馮倒在計程車旁，路人衝過去，大喊打119叫救護車……，一團混亂中，席青卻緊張得加快腳步往學校走。

考試鈴聲響起時，席青望著小馮空著的座位，清楚明白自己已經沒有對手，她穩拿第一。

考試成績發表，老師、同學、爸媽紛紛恭賀她，終於如願以償。只有席丹酸酸的說，「小青，這沒有什麼好得意的，你又不是真的第一。要不是那個每次考第一的男生出車禍住院了，你啊！怎麼可能？……」

雖然爸爸連忙制止，「小丹，不可以這樣說你妹妹，她也是憑自己本事考到第一的。」

但席丹的話卻直搗席青的心，讓席青承受不住，奔入房間，關上房門，大聲哭泣，覺得自己受到極大的屈辱，席丹好像在說她作弊似的。夜裡寫功課時，她的眼前模糊一片，看不真切，胸口彷彿有一大片烏雲，幾乎喘不過氣來。睡覺也不安穩，一會兒夢見自己車禍，一會兒夢見小馮渾身是血⋯⋯。

全班同學到醫院探望小馮，席青也跟著去了，她遠遠的站著，深怕被小馮發現她當天見死不救，好像她的第一名真的是偷來的。

她該怎麼辦？她是大家眼中的好學生，好學生不說謊、不作弊、也不欺負人，如果讓大家知道她有壞心眼，是不是所有人都會離她而去？爸媽不再愛她，不再喊她心肝寶貝？老師也不選她當模範生，同學更是會同情小馮而離棄她，從此她上學放學都會孤獨來去？

愈想愈可怕，她渾身顫抖著，一不小心，撞倒路邊的招牌，她連忙扶起招牌，卻發現自己的小腿被割傷了，流出鮮血。

頂著泡麵頭的故事奶奶走過來，連忙跟她說，「對不起，對不起，小妹妹。『故事寶盒』剛好舉辦說故事比賽，報名的人太踴躍，所以把招牌擠到外面，傷到你了，你要不要進店裡，我幫你擦點藥？」

「你……很忙，我沒有關係。」席青一貫的禮貌，謝謝故事奶奶。

「沒關係的，報名的事有別人處理。你是不是也要報名？我看你有點心不在焉，走路要小心喔！」

故事奶奶端來一杯葡萄汁和幾個小泡芙，「這都是我自己做的，你嘗嘗看。你看起來很面熟耶，你叫什麼名字？」

「我是小青。我小時候常常來聽你說故事，爸媽比較晚下班，我就會來這裡等他們。」

「我記得你，成績好、又聽話、有禮貌，現在很少小孩像你這樣。」

聽到這樣的讚美，席青羞愧得低下頭，眼淚忍不住流下來，她小聲的問，「故事奶奶，好學生永遠都不會犯錯嗎？」

「好學生也是人，也會犯錯，只要別一錯再錯就好了。來，我幫你挑了一本書《大水牛與拖車》，你可以帶回家看，也歡迎你參加說故事比賽。」

大水牛與拖車

大水牛還是小水牛的時候，非常羨慕他的父親，父親耕耘的田地都能長出美好的作物，父親孔武有力，曾經阻擋大熊對主人的攻擊，所以，當父親每天神氣的拖著板車出門，大家看到他都會讓路，然後誇讚一聲，「大水牛，你好厲害喔！你是本村之光。」

於是，小水牛立志要像爸爸一樣偉大。

沒想到，小水牛長成大水牛時，田地改用耕耘機耕種，電網可以阻擋所有敵人的來襲，大水牛只剩拖車這件工作，他變得意興闌珊，開始抱怨連連。

他看不順眼的頭號動物就是黑豬，整天只會在泥巴地裡打滾，噘著大鼻子不停的吃，什麼都不會做，主人還是

不停用美好的食物餵養他。

至於整天在荒郊野外亂跑、找蟲子吃的雞群，大水牛也覺得他們是白占土地、從不工作的傢伙。

黃狗更誇張，主人已經有了最先進的警報器、監視器，不必看門的黃狗就趴在門口曬太陽，主人還賞下肥滋滋的骨頭給他吃。

只有大水牛最辛苦，每天照樣要拖車，不停繞著農場走，讓參觀農場的小朋友欣賞，脖子磨破了皮、太陽曬昏了頭、肚子餓得咕咕叫，卻沒有一刻停歇。他在心底悄悄祈禱，只要拖車壞掉，他就不必工作，然後就可以像其他動物一般，曬太陽、跑步或是打滾。

大水牛的心願很快就實現了，因為拖車的螺絲鬆了，當大水牛正要上坡時，拖車整個鬆脫，一直往坡底滑下去，大水牛心底不斷加油，「快啊！滑快一點，最好是整個拖車撞爛掉。」

砰通一聲，拖車撞上大樹，只聽到「唉喲」的聲音，意外的，主人竟然被拖車撞上，倒在路邊，奄奄一息。

大水牛發現大事不妙，卻無計可施，只好站在路邊痴痴的等，直等到鄰居經過，救了主人。

主人受傷後，只能躺在床上休養，什麼事都不能做。

黃狗送給鄰居，雞群和黑豬都賣掉了，只有大水牛獨自趴在農場的角落。

剛開始，大水牛覺得天天曬太陽、滿山亂跑、在地上打滾很有意思，可是，沒幾天，他就覺得無事可做實在無聊，一方面也擔心自己被賣掉，變得悶悶不樂。

他覺得這一切都是他造成的，若不是他的壞心眼，主人一定十分健康，農場也充滿生氣。

於是，他決定跟主人道歉，「對不起，是我害了你，

只要你好起來，我願意認真拖車，不再抱怨了。求求你，你不要趕我走。」

主人點點頭說，「不能都怪你，我自己沒仔細檢查，才會讓拖車鬆脫。謝謝你，你真是我的好伙伴，等我好了，我們再一起合作。」

大水牛好高興，一直轉圈圈、轉圈圈，望著已經修好的拖車在陽光下閃閃發光，他熱心期待著很快可以架著拖車在農場四周奔跑。

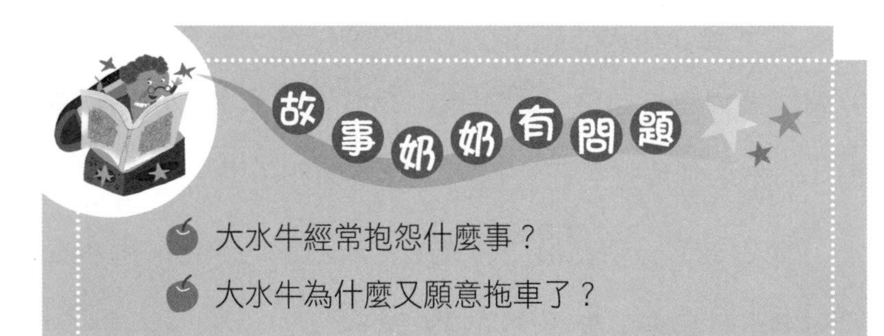

看完了「大水牛和拖車」，席青鼓起勇氣報名參加說故事比賽。當她在台上說完這個故事，她加了幾句話，「如果小馮在場，我願意跟他道歉，希望他還是把我當作好同學。」

台下響起熱烈掌聲，竟然是來自康復出院的小馮，特地來為席青加油的。他拍拍席青的肩膀，「如果不是你一直緊追在後，我不會這麼拚命，所以，我也要謝謝你喔！」

席青含著淚水點點頭，「我會加油的。」經過這件事，她終於明白，只要是自己努力得來的成績，無論考第幾名，都值得高興。

火鍋裡的魚餃

放學時，小雄沒有等其他同學，快步離開教室，因為媽媽要他趕去市場買魚餃、蝦餃，今晚要吃火鍋，去得太遲，市場就會收攤了。

沒想到，班上的大姊大梅蘭卻追上來叫住他，「小雄，等一下，我有話跟你說。」

平常梅蘭身邊總是圍著一群人，好像女王一樣，很少正眼瞧他，小雄嚇了一跳，以為自己不小心得罪了她，不由得停下腳步。

梅蘭很認真的說，「今天中午我跟大家說要連署罷免吳老師，我看你沒有留下名字，你是不是忘了簽名？」

「我不知道可不可以簽名，怕被我媽媽罵，我要

回去問問看。」小雄低聲說。

「這種小事你還要麻煩爸媽？你想想看，老師每天留那麼多功課，上課常常罵我們是笨蛋、無可救藥的白痴，考試考不好就叫我們去死算了。你願意被這種老師教嗎？我鄭重的拜託你，你是不是願意簽名？」

梅蘭竟然低聲下氣拜託小雄，他有些受寵若驚，沒有再多想，接過梅蘭的原子筆，在連署表格上面寫下自己的名字。

這樣耽誤，天色又灰暗了一些，小雄趕緊加快腳步跑向市場，果然已經有許多攤位收攤了，他走到媽媽常常買火鍋料的攤位，老闆娘熱心招呼他，「小弟弟，今天要幫你媽媽買什麼？」

「我要買蝦餃、魚餃、蛋餃，還有魚丸。」小雄很快的說出自己喜歡的食物。

老闆娘說，「我這裡剩下不多了，我全部賣給你，算你便宜一點好不好？」

雖然超出預算，小雄想，可以留到下一次吃火鍋，媽媽一定會稱讚他懂得精打細算。

進了家門，小雄就聞到媽媽燉骨頭湯的香味，肚子立刻咕嚕咕嚕起了飢餓的回應。放下書包，把火鍋料交給媽媽，媽媽說，「我今天下班比較晚，你來幫忙洗菜，這樣爸爸回家時，剛好上桌。」

小雄一邊洗菜，一邊跟媽媽聊天，說起梅蘭找他簽名罷免老師的事情。

媽媽抬起頭，皺了皺眉，「這是很嚴重的事情。這真的是全班同學的意思，還是梅蘭她個人的感覺？梅蘭平常在班上是個怎麼樣的人？」

「她很凶，我們都很怕她，老師如果管教她，她就會嗆老師。前幾天老師罰她站，她拒絕了，還說老師不應該體罰，她要告老師。」

「那你自己覺得老師好不好呢？」

「還好啦！她很關心我們，有一個同學沒有錢吃午餐，老師天天多帶一個便當給他。只不過，她有時候比較嚴厲，都要怪我們班是全校出名的烏鴉班，吵死了。」

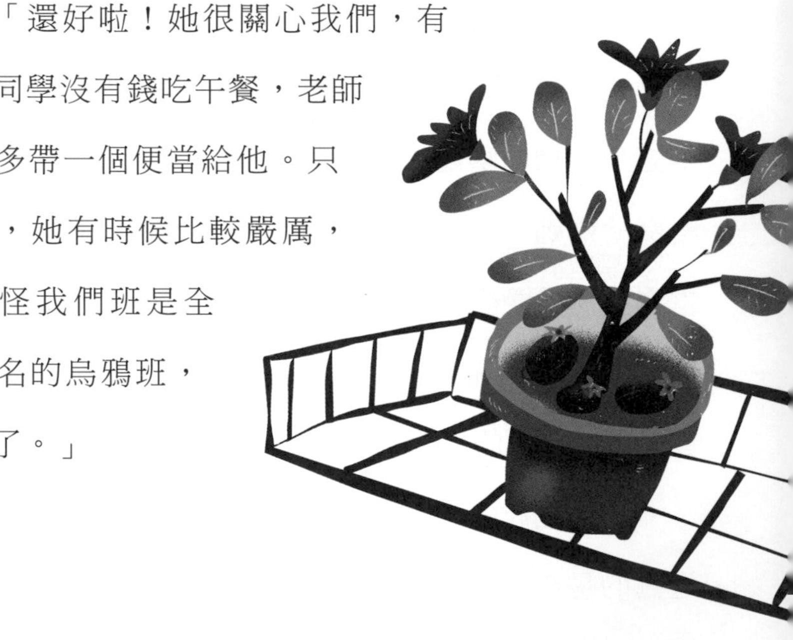

「所以啦！你自己想清楚，是不是要參加連署？有時候，班上有一個搗蛋的同學，就會害得全班的名聲都不好。如果你們再縱容她，情況會變得更嚴重。」

媽媽把魚餃、蝦餃還有豆腐陸續放進火鍋裡，煮開後放在電磁爐上，剛回到家的爸爸開心的坐在餐桌旁，準備好好享受火鍋。吃沒多久，媽媽咬了一口魚餃，立刻吐了出來，「怎麼味道怪怪的？爸爸，你吃吃看。」

爸爸也夾了一個，「可能是不新鮮，壞掉了，怪不得我剛剛喝湯也覺得怪怪的。」

原來老闆娘賣給小雄的火鍋料已經不新鮮了，媽媽只好把整鍋倒掉，重新起鍋。幸好媽媽還保留了一些骨頭湯、青菜豆腐和肉片，雖沒有蝦餃、魚餃，大

家還是吃得很開心。

媽媽沒有責罵小雄，只是說，「這是老闆娘的錯，她欺負你是小孩子，以後我們不要跟她買東西了。待會兒垃圾車來的時候，你把這些壞掉的火鍋料丟掉吧！」

「好可惜，好浪費喔！」

「所以啊！這就像班上有一個愛搗蛋作怪的同學，就會造成這樣的結果。」

小雄丟完垃圾，煩惱著第二天要怎麼跟梅蘭說，他要取消簽名，剛巧經過「故事寶盒」童書店，正舉辦買一送一的活動，他走過去翻閱其中一本書——《當白頭翁遇見紅番茄》，十分好奇這是什麼樣的故事。

當白頭翁遇見紅番茄

小白頭翁米米開始學飛不久，爸爸要他練習自己找食物，這對沒有覓食經驗的米米來說有些困難，因為附近的草地和果園蓋了一棟棟房子，紅柿、木瓜、番石榴這些水果愈來愈少，他真不知道該怎麼辦？

他請教他家附近的綠繡眼、房屋廊下的燕子，甚至成群結隊的麻雀，大家都不肯告訴他，而且異口同聲說，「米米米米長大了，米米米米要靠自己了，米米米米不可以哭著叫爸爸媽媽救命了。」

米米無奈的獨自飛著，眨眨眼睛，不讓淚水遮住了視線，心想，大家都對他這麼壞，如果他找到了食物，一定不告訴他們。

這時，米米飛過一戶人家的屋頂花園，花盆裡散布著許多紅色的東西，他飛近觀看，好像是果實，站在樹梢左顧右盼，確定附近沒有人，米米跳到花盆裡，輕輕啄了一下紅果實，酸酸的，但是很多汁，他記得爸爸帶他到果園裡吃過，這是「番茄」，當時被人發現了，只好匆忙飛走，但是他再也忘不了番茄的好滋味。

米米開心的吃飽了，飛回窩巢時，爸媽問他收穫如何，他點點頭拍拍肚皮，哥哥好奇的問，「你發現什麼好吃的東西了？」

米米轉過頭去，「這是祕密。」自顧自滿足的睡著了。

接連兩天，米米都悄悄到屋頂花園吃番茄，一天吃一顆，這些番茄足夠他吃好久，可是，他卻沒有注意到，番茄應該長在藤蔓上，而不是零零落落撒在土上。

果然沒多久，米米開始肚子痛，接著不停拉肚子，把整個窩巢都弄得好臭，媽媽問他，「你到底吃了什麼東西？」

「番茄。」米米小聲說。

爸爸照著米米的指示，飛到屋頂花園轉了一圈回來，搖搖頭說，「米米，你這個傻孩子，那些都是壞掉的番茄，所以被人丟棄在花盆上當肥料，你卻把它吃了下去。下一次要記住，這種得來太輕易的食物，多半都帶著危險性喔！」

米米沒料到，自己第一次覓食，竟差點丟掉小命。

- 小白頭翁米米為什麼不願意告訴別人他發現了紅番茄？
- 米米為什麼會拉肚子？

故事奶奶發現小雄看得津津有味，走過來問他，「怎麼？喜歡嗎？我借給你回家慢慢看。」

「真的啊？謝謝你，下一次媽媽給我零用錢，我再來買書。」

小雄抱著「當白頭翁遇見紅番茄」的繪本，邊走邊想，米米因為壞掉的紅番茄吃壞了肚子，他們家因為火鍋料壞掉只好整鍋倒掉，而他們班上，又會因為什麼事情搞得天下大亂呢？

我的溫柔有誰看得見

每個人對學校的觀感都不同，有的人不用媽媽催他起床，他都會提早跑去學校。有的人則不同，無論爸媽如何三請四催，她就是想盡辦法賴床，或是假裝生病。

莉珍就是那種喜歡上學的人，偶爾家裡有事，爸媽要幫她請假，她說什麼也不肯，堅持要到學校去，因為她在班上很有人緣，大家都喜歡她，包括導師在內。

莉珍私底下聽到導師跟別班老師說，「我比較喜歡教女生，女生脾氣好，又細心，不像那些男生莽莽撞撞的，常常闖禍。」

所以，她更是主動幫忙導師，希望在導師眼中，

她是最棒、最討喜的學生。

班上女生對莉珍的印象也很好，她雖然家裡很有錢，她卻一點不小氣，常常捐錢助人，也會在放學時請客喝珍珠奶茶或是吃炸雞排。女生習慣叫她「老大」，如果外校有人欺負她，所有女生都成了她的自衛隊。

而且，她的功課也很優異，誰的成績不理想，她都會主動要求老師換座位，讓她坐在他們身邊，方便她教導同學功課。

至於男生更是對她言聽計從，因為莉珍長得很漂亮，一雙眼睛更是水亮亮的好像清澈的湖水，男生爭相約她看電影，她也很少拒絕，邀請大家一起看，誰也不得罪，誰也不會為她鬧得不愉快。

像莉珍這樣的女生，走在校園裡，即使裙襬稍稍

被風吹起，也會成為話題。她成了所有人的目光焦點，她喜歡這樣被注意，也喜歡大家都喜歡她。

可是，當班上來了一位轉學生小綠，莉珍的優勢開始褪色，有些同學轉而跟小綠成為朋友。莉珍很不服氣的問她身邊亦步亦趨的同學詩涵，「你告訴我，為什麼他們變心了，常常找小綠玩，都不跟我們一起喝珍珠奶茶？」

「我聽自強說，他們覺得小綠比較像他們一國的人。」詩涵小聲說，因為連她也很想跟小綠做朋友，卻不敢告訴莉珍。

「這怎麼可以，你們跟我做朋友，就不可以跟小綠做朋友，有誰會像我一樣對你們這麼好？」莉珍有些生氣，但還是保持她的風度，「你去跟大家說，這個週末我請大家到我家玩，你們想喝什麼、吃什麼、玩什麼，我家都有，如果沒有，我也會買給大家，一定讓大家玩得開心。」

這是很難得的機會，莉珍願意開放她的家庭。可是，萬萬沒想到，到她家的同學不到一半，連導師也沒有出席。當莉珍知道其餘的人跟小綠參加社區的義賣會擔任志工，她氣得當場哭了，詩涵安慰她，「莉珍，我們不會變心的，你不要傷心。」

可是，莉珍怎麼能不傷心。星期一到了學校，她忿忿不平的跟導師報告，「小綠搶走我的朋友，他鼓動大家背叛我，老師，像這樣的人不配做我們學校的學生，他會破壞我們學校的名聲。」

未料，導師卻說，「小綠是幫助別人，參加愛心活動，老師覺得很好啊！你應該學學她。」

莉珍聽了更是氣上加氣，當導師請她幫忙把作業簿帶去教室，發給同學，她卻轉過頭去，「我沒空，我還要去別的地方。」

不但如此，莉珍還聯合其他同學到教務處告導師的狀，說她教學不認真，偏心男同學，讓女生倍受委屈。

事情鬧大之後，在班上引起軒然大波，男生竟然態度改變，紛紛站在小綠那一邊，指責莉珍，「你以前的善良溫柔都是假的嗎？你為什麼這麼潑辣，真受不了你。」

莉珍氣得快要昏倒了，顧不得風度，脫口說，「你們很過分喔！我以前怎麼對你們？你們哪一個沒有吃過我請客的東西，你們吐出來啊！」

「你如果是想用錢收買我們，很抱歉，我們總算看清你的真面目。吃過的東西也已經消化排泄掉了，你自己去廁所找吧！」自強也不甘示弱。

莉珍放學時，對著男生撂下一句話，「你們打不倒我的，我要跟我爸爸說，讓你們吃苦頭，我一定會把小綠趕走。」

走到半途，小綠悄悄跟上來小聲說，「你即使趕走我，大家還是不會喜歡你的。除非你打從心裡真正喜歡大家，而不是想要鞏固你的勢力。」

莉珍回頭一看，竟然是她深惡痛絕的小綠，立刻舉起手作勢要打她，「你討厭，你為什麼要來我們學校，我要把你趕走……！」

小綠只好趕緊跑開，不想讓事情鬧大。追啊追的，追到故事奶奶的「故事寶盒」店裡，這才發現小綠是故事奶奶的孫子，因為她媽媽生病了，所以暫時搬到奶奶家一起住。

故事奶奶知道事情經過，安慰莉珍說，「我剛剛煮了綠豆薏仁湯，你喝一碗，一邊看看故事書，也許可以消消氣。然後，你再告訴我，你希望我孫子怎麼跟你道歉？」

故事書的封面是一隻頭頂冒火的小綿羊。

火燒小綿羊

小綿羊球球長得既可愛，又有一副好脾氣，主人非常喜歡她，常常跟她說，「有一天，我會帶你到大城市去，讓你聽到更多人的稱讚。」

這麼一來，球球走起路來，頭都抬得高高的，好像她是全牧場最受歡迎的動物。

進城的日子來臨了，球球的頭頂繫著一個大蝴蝶結，渾身噴得香香的，跟著主人來到熱鬧的競技場，到處擠滿人群，還有歡笑的聲音，當主人帶著球球走上舞台時，四周更是響起如雷的掌聲。

球球嚇壞了，縮在主人身後說，「我要回家。」

主人安慰她，「球球，馬上就好了，你只要學我跟大家鞠一個躬。你看，大家多麼喜歡你。」果然，掌聲又響起了。

主人把球球抱在懷裡，放在小檯子上，只聽到一聲哨音，主人拿起剪刀，一眨眼就把球球全身的毛剃光了，這時候，掌聲更加熱烈了，球球正要抬起頭來，卻發現自己變得光禿禿的十分醜陋，原來，那些掌聲不是給她的，是給她的主人，讚賞他剪羊毛的技術高超。

球球又哭又喊的當場發飆，主人只好把她關進籠子裡。球球拚命撞著欄杆，心想，她不如死了算了，回到牧場一定會遭到大家嘲笑。

她的頭破了，血流下來了，可是，主人卻對她不聞不問，自己跑去喝酒了。

這時，有一隻烏鴉飛了過來，問她，「球球，你為什麼傷心生氣呢？」

「我變得好醜好醜。」球球的頭低低的，根本不敢看烏鴉。

「那你是不是也覺得我的聲音很難聽？我的羽毛顏色很醜呢？唉！我生下來就惹人厭，他們說看到我的人就會倒楣，我不是比你還慘？」

球球總算抬起頭看了看烏鴉，「那我會不會變得更倒楣？被主人吃掉？」

「應該不會吧！想想看，你剪下來的毛，可以帶給別人溫暖。而我的醜陋，也可以激勵別人。但是，你的毛還可以長出來，而我呢？永遠無法改變羽毛的顏色。」

球球望著烏鴉，漸深的夜色中，他顯得更是黑壓壓一片，可是，他的眼睛好亮，好像黑夜裡的一盞燈。她讓烏鴉進入柵欄裡，靠在她的懷裡睡覺，烏鴉高興的叫了兩聲，球球卻不覺得烏鴉的聲音很難聽，有點像是媽媽的搖籃曲呢。

故事奶奶有問題

- 小綿羊球球為什麼受人歡迎？
- 球球是否和烏鴉變成了好朋友？

莉珍闔上故事書，問了故事奶奶，「我花了很多時間、很多錢，讓同學喜歡我，為什麼小綠不費吹灰之力，就贏得友誼？」

故事奶奶拍拍莉珍的頭說，「我想，你不妨先跟小綠做朋友，你就會知道答案了。」

讓我唱歌給你聽

導師今天提醒大家，明天就是驗收愛心成果的日子，同學們都很興奮，但又保持神祕的不願多說自己的「愛心行動」會繳出什麼樣的成績單。

雨潔呆呆的坐著，顯現不出心中的喜怒哀樂，但是，她知道自己的哀傷很濃，濃到自己快要變成一灘水。

開學的第一堂課，導師為了鼓勵大家發揮愛心，給這個社會注入一股清泉，特別發給每位同學一張小卡片，請大家寫下自己的心願——在這一學期中，想要幫助什麼人。那必須是一件不太容易完成，帶著挑戰性的愛心行動。在學期結束前，導師會驗收成果。

為了激勵大家，導師決定送一份禮物給表現最特別的前三名同學。

當時雨潔左思右想，想的不是老師要送什麼禮物，而是，如何在全班同學中，表現得與眾不同。想了一整天，她的頭都痛了，還是沒有答案。

回家時，哥哥聽說她的困擾，建議她，「你可以到每一個公園門口跳舞。電視上不是有一個大男生，他到每一個城市，就跳一段自己編的舞，讓大家看了很開心。」

「我不要模仿別人，而且，這樣的工程太浩大，會花掉我很多時間。」雨潔拒絕哥哥的建議，想要自己找出方法。

想了一個晚上，她終於寫下自己的「愛心行動」計畫。

那就是唱歌給急診室的一百個病人聽。她覺得最傷心、最絕望的人是在急診室裡的人，因為不知道自己的急症有沒有救？如果可以聽到一首激勵的歌、安慰的歌，多好。

偏偏她沒有歌喉，也沒有膽量。

即使搭公車到醫院，走進急診室，害羞的雨潔，始終開不了口，請別人答應她的要求，接受她的愛心歌聲。她才了解到，寫計畫是一回事，實際執行起來，卻困難重重。

好不容易逮到一次機會，媽媽的好朋友突然心臟不舒服，緊急住院，接到電話時，剛好媽媽帶雨潔買學用品，媽媽要她陪著去急診室。她趁著媽媽陪朋友時，自己晃到護理站，小聲的請問護士，她可不可以唱歌給病人聽？

沒想到，護士卻揮揮手，「你沒有看到我在忙嗎？不要煩我了。」

她不斷責怪自己，為什麼當時要寫下如此艱難的行動計畫挑戰自己。

應該怪貝漢吧！她要交出「愛心行動」卡片的那天早晨，突然聽到她的死對頭——貝漢跟他旁邊的同學說，他要陪一百個車禍受傷的人去醫院。

啊？那她餵一百隻流浪狗吃飯不就太簡單了嗎？她要挑戰自己，不要被他看扁了。於是，當場更改了自己的「愛心行動」。

後來她才知道自己被騙了，貝漢的愛心行動只是在路口扶一百位老人家過馬路，但她已經來不及抽回卡片，也不好意思跟導師說她改變了心意。

之後，又有一次機會，雨潔在家裡的信箱中看到一張傳單，附近一家醫院要辦音樂會，邀請很多人唱詩，安慰鼓勵病患。她想，透過麥克風，急診室的病人說不定也可以聽到。

於是，她鼓起勇氣打電話問主持音樂會的大姊姊，大姊姊笑得很開心，問她要唱什麼歌？她透過電話筒唱著〈野地的花〉，大概太緊張了，唱得荒腔走板。大姊姊提醒她說，「你還是先把歌練好了再來找我們。」

她好沮喪，只剩一天了。

放學時，她特地約了哥哥陪她到住家附近的醫院急診室，希望有機會唱歌給病人聽，或是唱給病人的家屬聽也好。

可是，哥哥幫她連續問了兩個病人，都碰了一鼻子灰，哥哥兩手一攤，「妹，不是我不幫你，人家需

要的是醫生，不是歌聲。」

雨潔幾乎要哭出來了，只好很無奈的邊回頭邊隨著哥哥離開。正要轉身離去時，腳上裹著紗布的故事奶奶叫住她，「小妹妹，我的腳很痛，你幫我叫一輛計程車好不好？」

原來是故事奶奶切菜時，菜刀不小心落在她的腳上，劃了一道傷口，她特地到急診室縫合包紮。雨潔跟哥哥好心的送故事奶奶回家，故事奶奶坐在沙發上喘息，邊跟雨潔說，「我知道你心裡很憂愁，我送你一個故事，你讀讀看，希望可以改變你的心情。」

雨潔坐在沙發上，翻著可愛封面的故事書——《公主的禮物》。

公主的禮物

小莉公主是國王王后唯一的女兒，所以他們十分疼愛她，她想要什麼東西，國王傾全國之力，都會讓她實現願望。

可是，她卻一點也不快樂。

有一天，她玩膩了所有的玩具，對國王說，「爸爸，我想要一個禮物，你一定要送給我。」

「好啊！乖女兒，你快點告訴我。」國王放下手中忙碌的國事，聽小莉公主說話。

「請你送『快樂』給我。」

國王煩惱不已，小莉公主擁有她想要的一切，但是，唯有「快樂」是他無法給她的。

小莉公主十分憂愁，不想吃飯、不想睡覺，在窗口從早坐到晚。說也奇怪，小莉公主愈不快樂，窗外的冬意愈濃，枝頭上的花朵也紛紛落了地。可是，這明明是春天啊！

當她坐在窗前望著落葉發呆的時候，奶媽悄悄走過來，跟她說，「小莉公主，你先學會送禮物給別人，你就會得到『快樂』。」

「那你趕快打開倉庫，把我所有的玩具送給全國的小朋友。」小莉連忙說。

奶媽搖搖頭，「很多小孩都沒有飯吃、沒有衣服穿，你送他們玩具，他們不會快樂的。」

怎麼辦？小莉好煩惱，她從小養尊處優，什麼事都是別人幫她做好，她甚至連衣服也是婢女幫她穿的，而頭髮也是婢女幫她梳的。

小莉公主決定寫一封信，給全國的小朋友，信上寫著，「我是小莉公主，我可以為你做些什麼事情讓你得到快樂，請你告訴我。」

回信的答案千奇百怪，有的希望公主唱歌，有的希望公主跳舞，有的希望公主陪她玩遊戲，其中一個病得很嚴重的小女孩寫信給公主說，「只要你來看我，讓我知道這個世界上真的有公主，我就會快樂。」

公主決定實現這個小女孩的願望。當她到小女孩家，握著小女孩的手，鼓勵她時，小女孩的眼睛發出了亮光，她高興的跟她爸媽說，「謝謝你們，讓我實現了願望。」

就在這個時候，窗外凋謝的花朵突然一朵朵抬起頭來，冬天被春天趕走了，更重要的是，小莉公主的臉上露出燦爛的笑容，她終於知道什麼叫作「快樂」。

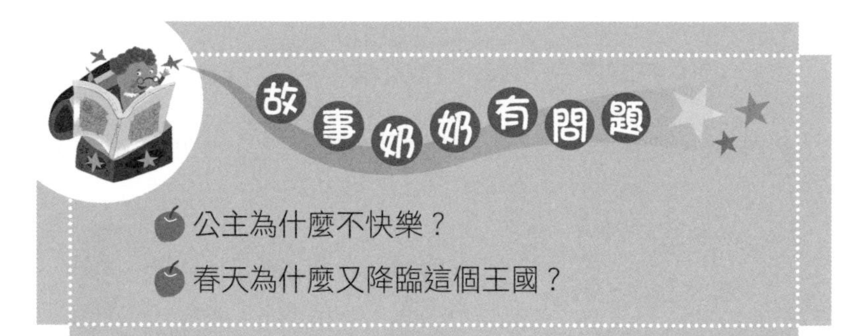

這時候，故事奶奶對雨潔說，「我知道你很想唱歌給別人聽，我剛剛才離開急診室，應該也算是急診室的病人，你唱歌給我聽好不好？」

雨潔開心的唱著，「我有一個小心願，想用星星編成項鍊，讓你也像星星一樣閃亮……」

一旁的哥哥覺得，他從未聽過雨潔唱出這麼動人的歌聲。

寶盒之鑰 2

——貧窮一點不丟臉

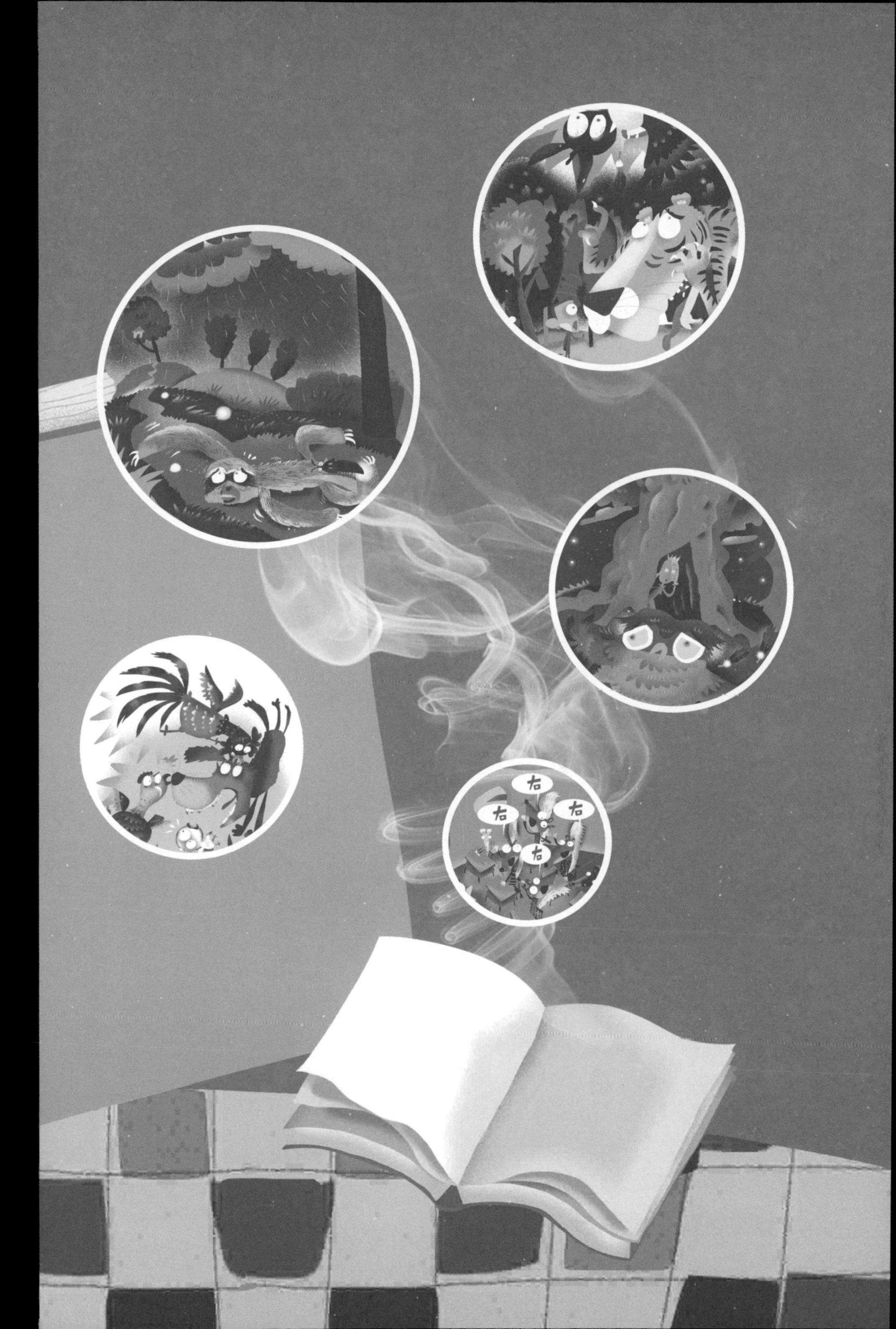
右
右
右
右
右

我不想搬新家

偉良趴在教室桌上一直哭，同學陸續放學回家，或是去安親班報到，只有他，不想離開教室去面對他不想面對的問題。

當值日生的至傑走過來，搖搖他的手臂，勸他，「偉良，回家啦！你哭也沒有用，你媽已經做了決定了。」

偉良揮掉他的手，「你不要管我，要搬家的是我，又不是你，你當然不會哭。」

「我早就哭過了，所以我知道沒有用，小孩子是無法反抗父母的。」至傑低聲說，鼻子裡透出隱約的哭腔。

偉良這才抬起頭，用手背擦掉眼淚，問他，「為什麼？」

「我媽去美國了，我爸也不想管我，把我丟給我大伯，我現在的爸爸，其實是我的大伯。」

「啊？我怎麼不知道？可是我真的很氣我爸媽，他們既然要離婚，那為什麼生下我？現在我沒了爸爸，媽媽要工作，要我去跟阿嬤住，阿嬤說的話好奇怪，我聽不懂。而且，我也不認識那裡的人。」

「你漸漸就會習慣了。而且，你可以多學一種阿嬤的語言，多認識新朋友，不是很好嗎？故事奶奶常說，凡事要往好的地方想，就不會傷心難過了。」

「故事奶奶？故事奶奶是誰？」

「她在附近開了一間故事書店，可以買書，也可以借書，如果她心情好，也會免費送書給你看。我剛搬來附近時，就是遇見了她，慢慢的，就不再生我爸媽的氣了。」

「可是，我從小沒有離開過這裡，我……還是會害怕。我媽說，阿嬤年紀大，我每天要自己上學、自己做飯、自己洗衣服……，怎麼辦？」

「我陪你去故事奶奶的『故事寶盒』店裡，看看她能不能幫你忙？」至傑幫偉良拿起書包、水壺，「走吧！學校要關大門了。」

「故事寶盒」開在小巷子裡，跟偉良家的方向相反，難怪他一直沒有注意到。至傑送他到店裡，跟他揮手說再見，「我要趕快回家了，我要幫大伯母打掃家裡。」

偉良怯生生的東張西望，看著櫃台後面正在幫顧客包書的故事奶奶，捲捲的頭髮，染了奇怪的顏色，好像蛇髮女妖，她真的像至傑說的那麼善良好心嗎？

「怎麼啦？我看你好像哭過的樣子。」故事奶奶走過來，摸摸他的頭，「這個世界上，沒有解決不了的問題。告訴我，你的困擾是什麼？」

偉良很努力的想說清楚爸媽常常吵架，爸媽最近沒有錢，爸爸不喜歡媽媽，媽媽也討厭爸爸，媽媽決定要他搬去阿嬤家住……等等事情。

故事奶奶問他，「你到底擔心什麼？害怕什麼？」

「我擔心阿嬤很可怕，我害怕新學校的同學都討厭我。」

「是這樣啊？」故事奶奶沉思了一會兒，從架上拿了一本書，「這本『老虎拔牙』的故事，你回去讀一讀，看看對你有什麼啟發。」

回到家，爸爸的行李已經搬走了，媽媽在廚房煮冷凍水餃，家裡的氣氛怪怪的。偉良已經學會不問爸爸的去處，免得媽媽不是生氣、就是哭泣，然後他又要吃泡麵。他進了自己房間，坐在紙箱上，翻開《老虎拔牙》故事書。

老虎拔牙

入了夜，原本很安靜的森林，突然變得吵鬧不堪，許多動物擔心隨時有危險發生，必須逃命，大家的睡眠變得斷斷續續。

原來是附近出現一隻高大的老虎，白天，他會離開森林出外獵食，到了夜晚，他卻鑽進森林。如果他找到固定地方睡覺，也就罷了，偏偏他彷彿得了夢遊症，在森林裡走來走去，不停的發出怒吼，沉重的腳步聲，嚇得弱小動

物只能緊緊抱在一起，輪流睡覺，保持高度警覺，免得成為老虎的食物。

這樣的日子過沒幾天，猴子第一個受不了，因為他的媽媽病了好幾天，需要足夠的休息與安靜，老虎這一攪和，猴子媽媽的病更加嚴重了。於是小猴子決定趕走老虎。

其他動物聽了他的決定，紛紛勸他，「你還是不要惹他吧！反正他現在也沒有傷害我們，萬一惹惱了他，不知道要死掉多少生命呢！」

「不行，我們在這裡住了那麼久，大家安居樂業，不能讓他破壞我們的寧靜。」

小猴子決心按照自己的計畫，展開「驅虎大戰」。首先他收集了各種大小石塊，作為攻擊的武器。然後，又找來各種有刺的果實，預先撒在老虎經過的地方。

終於到了天黑時刻，老虎又來到森林裡，邊吼邊漫步，剛剛走到猴子居住的樹下，小猴子用力把石塊丟向老虎，老虎張大嘴發出疼痛的叫聲，小猴子突然發現，這隻老虎竟然沒有牙齒。

他還以為是自己眼花，看不清楚，跳到更低的樹枝上仔細觀察，果然，他是一隻沒有牙齒的老虎。

小猴子哈哈大笑，「你沒有牙齒，你沒有辦法咬我了，我不怕你，我不怕你。」

老虎的祕密被發現了，只能哀傷得低下頭，發出悲鳴。

小猴子聽了於心不忍，好奇的問他，「你看起來不老啊！為什麼你的牙齒都不見了？」

「因為我得了蛀牙，痛了好久，沒辦法進食。老鷹好心幫我啄掉夾在牙縫裡的肉塊，正要幫我拔牙，我卻把老鷹一口吃掉。從此以後，沒有人願意幫我治療蛀牙。結果我的牙齒一顆顆爛掉，最後全掉光了。」老虎說出自己忘恩負義的故事。

「那你為什麼跑到我們森林裡？我們這裡又沒有醫生。」

「我白天找不到食物，晚上餓得睡不著，又不好意思向別人求助，所以，只好走來走去，看看是不是有別人吃剩的食物……。」

小猴子很同情老虎，決定幫他找食物，填飽他的肚皮。

- 森林裡的動物為什麼害怕老虎？
- 看起來可怕的事情，事實也是如此嗎？

看到這裡，偉良似乎有一點明白。

阿嬤家也許不像他所想的那麼可怕，新學校也許會結交到像至傑一樣的好朋友。

他站起來，走出房間，幫忙媽媽拿盤子、裝水餃，心裡悄悄決定，吃完水餃，他要主動幫忙洗碗盤。

鑰匙兒童流浪去

佑佑放學後回到家，一如往常屋裡空空的，爸媽都上班去了。他洗了手，吃了媽媽留在冰箱裡的水果，把書包拿到房間，卻不太想寫功課，電視卡通還沒開演，正想找出故事書閱讀，隔壁的小芃按響門鈴，找他下樓玩耍。

這真是好主意，佑佑立刻衝出門穿上鞋，跟著小芃到公園裡玩，又去看臭豆腐叔叔的攤子。東晃西晃的，不由得天色將暗，商店裡牆壁上時鐘的時間，明白告訴他，媽媽快要下班了。

佑佑擔心挨罵，連忙跟小芃說：「再見，我要回去了，我媽發現我不在家，會發飆的。」

急忙衝回家，跑上樓，好喘好喘，佑佑把手伸向

右邊褲子口袋，愣了愣，怎麼回事？空的。再掏左邊口袋，他整個人傻住了，鑰匙竟然不在口袋裡。

他全身上下都摸遍了，難道是掉在路上了？還是，他根本沒有帶鑰匙出門，忘在客廳茶几上了。

怎麼辦？媽媽快要回來了，又沒有其他窗子或門可以進去，他要編什麼謊話矇混過去呢？就說他剛剛聽到奇怪聲音，跑出來看，沒想到門卻被風吹上了。媽媽只要不知道他在外面玩了很久，應該不會生氣吧！

可是，事情偏偏不照佑佑所想的上演，媽媽已經下班回到家門口，聽說佑佑沒有帶鑰匙，門被鎖上了，不由勃然大怒，「你這個壞孩子，媽媽交代你一點小事都做不好，誰要你忘了帶鑰匙！你知道你闖的禍有多大嗎？媽媽今天換包包，剛好沒有帶鑰匙，你看看你做的好事，現在根本進不去了。」

「可是，可以找爸爸回來啊！」佑佑小聲說。

「我剛剛跟你爸爸聯絡過，他還在外縣市開會，要很晚才回來，真是氣死我了。」

媽媽放下手中在超級市場買的菜，氣呼呼的對佑佑說，「這麼多魚啊肉的，都要解凍不新鮮了。你給我去找鎖匠來開門，找不到就不要回家。」

佑佑低垂著頭，不敢怪媽媽為什麼要換皮包，也不敢問媽媽忘了鑰匙，為什麼不早點打電話回來，現在事情發生了，他只好乖乖聽媽媽的話，想辦法完成任務。

印象中，上學路上好像有一家鎖店，沒想到佑佑走到那裡，竟然關門大吉了。他不清楚還要去哪裡找，隨意穿過一條又一條的巷子，路燈不亮了，野貓

在他身邊四竄，他嚇壞了，夜晚有點涼，他不停打著哆嗦，怎麼辦？他根本找不到鎖匠，連回家的方向也搞不清楚了。

他小聲的啜泣，正在害怕的時候，恰巧走到故事奶奶開設的「故事寶盒」書店，故事奶奶好像知道他的煩惱，對他說，「你想要找的東西找不到是不是？來，你在故事寶盒裡抽一個故事，就會知道答案了。」

佑佑抽到的故事是《樹懶與螢火蟲》，封面畫的是一個黑漆漆的夜晚，閃爍著螢火蟲的光芒，真的好接近他的心情喔。

樹懶與螢火蟲

森林裡快要颳颱風了，媽媽擔心沒有星星、月亮的夜晚，天太黑，於是，要小樹懶去買蠟燭。

終於有機會可以出去玩了，小樹懶好開心，倒掛在樹枝上，用他的爪子不停交換著樹枝、樹藤往前跳躍，大概是太興奮了，什麼時候把錢弄丟了也不曉得。到了店裡，小樹懶拿不出錢來，老闆說什麼也不肯把蠟燭賣給他。

小樹懶又去了其他商店，老闆的答覆都是一樣，沒有錢，不賣蠟燭給他。

想到媽媽那一張嚴厲的面孔，小樹懶根本不敢回家，當他回到來時路尋找遺失的錢時，經過一處濃密的草叢，突然看到草叢裡的螢火蟲一閃一閃的，彷彿一盞一盞好漂

亮的光，如果他多抓幾隻螢火蟲，不是就可以代替蠟燭了？

他倒懸著身體追逐著螢火蟲的方向，可是，草叢實在太低了，樹上的他構不到螢火蟲，爪子幾次都落空了。情急之下，乾脆跳到草叢裡，他卻忘了一件重要的事，樹懶在樹上身手矯健，到了地上就沒有用武之地，想要移動身體，速度卻變得十分緩慢。

螢火蟲愈飛愈遠，風愈來愈大，雨也開始落下，小樹懶愈急愈走不快，螢火蟲已完全看不見了，而他也無力攀上樹幹，倒在溼漉漉的草叢裡，奄奄一息。

就在這時，出門尋找小樹懶的爸爸，在樹上聽到他微弱的呼救聲，連忙找來其他樹懶，合力幫忙把小樹懶救回家。

媽媽知道小樹懶因為掉錢，追逐螢火蟲而迷路，又好氣又好笑，擦拭著他溼答答的毛皮，安慰他，「因為貪玩而掉了錢，的確不應該。可是，買不到蠟燭，頂多過一個黑暗的夜晚。如果你發生意外，爸媽會多傷心啊！」

小樹懶撲在媽媽懷裡，不停的哭泣，「媽媽，我下次會小心的。」他緊緊抱住媽媽，他知道，媽媽愛他比愛蠟燭還要多。

佑佑輕輕闔上故事書，媽媽會像小樹懶的媽媽一樣原諒他嗎？媽媽明明說，找不到鎖匠就不要回家。想到已經解凍的魚和肉，地上流下的血水，好像自己已經被媽媽鞭打得遍體鱗傷，不由得發抖起來。

故事奶奶聽完佑佑所擔心的事，勸他，「我幫你打電話給鎖匠，你趕快回家吧！沒有一個媽媽不愛孩子的，說不定她現在已經著急得到處找你了。」

佑佑照著故事奶奶指點的方向，很快的走到他家的巷口，遠遠的看到媽媽在大門口東張西望，連爸爸也趕了回來，他低著頭走過去，委屈的說，「我找不到鎖匠，我不敢回來。」說完，「哇！」的一聲大哭起來。

媽媽拍拍他的背，讓他的頭靠著她的胸口說，「寶貝，對不起，媽媽以後不再說『不讓你回家』的話了。」

哇!

闖禍精的驚人紀錄

孝偉今天哭得很傷心，因為爸爸罵他是「蠢蛋＋驢蛋＋倒楣蛋」。就因為他的數學考了全班倒數第二，偏偏他爸爸是全國聞名的數學教授，經常發表各種文章，教大家如何提升數學能力。

他哭著問媽媽，「又不是我要他做我爸爸，是你們把我生下來的，他數學好，我就要像他一樣好，誰規定的？」

他邊哭邊抽出面紙盒中的面紙，還沒擦到臉上的淚水，旁邊的花瓶就被他的手臂不小心碰到，順勢倒下，跌落在地，碎成片片，媽媽直搖頭，「你闖的禍還不夠多嗎？你要媽媽怎麼幫你說話？」

「好嘛！我來收拾，媽媽你不要動。」話才說完，孝偉的手指已經被碎片割破了，鮮血直冒，媽媽只好衝回房間拿醫藥箱，醫藥箱才提到手上，只聽到「乒噹」一聲大響，想要坐到椅子上的孝偉一屁股摔到地上，撐地的手掌又被碎片割破了更多傷口。

媽媽忍不住怒氣上升，「你可不可以坐著不要動！我都快被你逼瘋了，滿地都是血。」

孝偉滿腹委屈哭得更大聲，「我乾脆流血流光死掉算了。我覺得所有的人、所有的東西都是我的敵人，早知道我就不要生到這個世界來，讓大家討厭。」

「好了！好了！算媽媽說錯話，怪媽媽不好，懷你的時候常常鬧情緒。」媽媽邊清理他的傷口，邊跟孝偉道歉。

孝偉也不知道為什麼，從小他就跟「掃把星」、

「倒楣鬼」、「衰老頭」……這些綽號為伍，因為他闖禍的紀錄太驚人了。

就拿他剛出生時待在醫院的育嬰室來說，只不過待了五天，他的故事就可以寫成幾本書。

例如，護士餵奶餵一半，就被手舞足蹈的孝偉把奶瓶揮到地上；護士剛把吃完奶的孝偉放在小床上，孝偉就把奶吐到護士衣服上；每次護士幫他換尿布，還沒來得及把尿布蓋在他的小雞雞上，他就射出高射炮，噴了護士一臉尿；幫他洗澡時，即使最有經驗的護士，也被他的拳打腳踢弄得一身水……，到末了，每個護士看到孝偉就躲得遠遠的。

他念幼稚園的時候，連換了三家，也是因為他闖的禍太多了：打翻了點心鍋、把小朋友反鎖在廁所裡、溜滑梯撞斷小朋友的下巴、畫圖時的彩色筆戳到小朋友的眼睛，就連畢業典禮時，只是興奮的抱住老師，竟然把老師的裙子扯掉了……。

到了小學，孝偉的禍事更是族繁不及備載，幾乎每天三小禍、每週五大禍，幾乎沒人記得清楚他到底出了多少狀況。最慘的一次是媽媽炒菜時，他拿電話給媽媽接，好心要幫媽媽關掉瓦斯，竟然把火開得好大，燒到旁邊的窗簾，差點釀了大禍。

每天起床以後，不管他多麼小心，還是會把牙膏掉進馬桶，把牛奶微波過久，濺得亂七八糟，爸爸無奈的用報紙遮住臉，「我看要請警察來當保母，才能讓你乖乖不出事。天哪！我真的不敢承認你是我的孩子。」

孝偉只好嘟著嘴去上學，然後繼續闖禍，繼續被嘲笑，繼續哭著回家。

昨天吧！他照樣眼淚鼻涕一臉的低頭走著，看到地上一張被踩了幾個腳印的海報，上面寫著：「你每天都不快樂嗎？為考不好的成績煩惱、為同學討厭你而生氣、為沒有人緣埋怨上帝嗎？歡迎光臨『故事奶奶的故事寶盒』，將會帶給你意外的驚喜。」

抬起頭就看到不遠處「故事寶盒」的招牌，他走進去，卻不小心撞倒滿頭捲髮的故事奶奶，她手中才

剛烤好的胡蘿蔔蛋糕被撞落到地上，意外的，故事奶奶沒有罵他，拾起蛋糕，拍了拍灰塵，孝偉疑惑的問她，「你不要我賠你一個乾淨的蛋糕嗎？」

「再烤一下，殺殺菌就可以了，反正我自己吃，沒關係的。來，坐下來，我拿一塊巧克力蛋糕給你吃，然後你挑一個故事回家，心情不好的時候拿出來讀一讀，說不定可以幫助你喔！」

於是，孝偉帶著裹了紗布、纏了膠帶的手回自己房間，翻出故事奶奶的故事，半信半疑的讀著《愛掀蓋子的好奇寶寶》。

愛掀蓋子的好奇寶寶

小鮮開始學會走路以後，就對掀蓋子這件事特別感興趣。

他掀開馬桶蓋子，攪動著馬桶裡的水，結果弄了一身尿騷味。

他掀開媽媽的面霜蓋子，把媽媽花了一萬多元買的除皺霜塗得滿臉都是。

他掀開哥哥泡麵碗上的蓋子，打翻了麵，燙傷了自己，還被哥哥罵了一頓。

他掀開姊姊藏情書的盒子蓋子，暴露了姊姊的愛情，害得姊姊被媽媽罵了幾天幾夜。

他掀開爸爸放在陽台的肥料桶蓋子，抓了好幾把肥料

吃進嘴巴裡，只好掛急診幫他洗胃。

不管家人如何小心的把所有有蓋子的東西藏得高高的，小鮮總是有辦法發現新大陸，掀開新的蓋子。爸媽帶他上街的時候，更是提心吊膽，擔心他亂掀蓋子闖禍。

有一天，小鮮在路邊看到一個會動的垃圾桶，他好奇的把垃圾桶推倒，掀開蓋子，意外發現裡面有一個裝在塑膠袋裡的嬰兒，因此救了嬰兒一命，他的新聞還登上報紙，於是，大家都知道有一個「好奇寶寶」救了「垃圾寶寶」的故事。

從此以後，再也沒有人阻止他掀蓋子了。

- 小鮮為什麼喜歡掀蓋子？
- 所有的蓋子都可以隨便掀開嗎？

孝偉躺在床上，把故事書擱在自己的肚子上，靜靜的想著，原來，在這個世界上還是有人跟他同病相憐。當小鮮掀蓋子的時候，也是受到很多人的責備，可是，他的命運卻有了一次大翻轉。

那他呢？是不是有一天走在街上，不小心撞倒一個匆匆趕路的人，未料，他是一個警察正在追逐的搶劫犯，結果被逮個正著。於是，他就立下大功勞。

想啊想著，孝偉睡著了，雖然臉上還帶著淚水，但是嘴角卻有了笑容。

爺爺奶奶真偉大

因為快考試了，喜德念書到很晚才上床睡覺，所以，早晨鬧鐘響起時，免不了想要多賴一會兒床。

翻個身，才剛剛閉上眼睛，就聽到奶奶急急呼喚他，「喜德啊！快點來幫忙啊！爺爺又尿床了。」

尿床？唉！喜德聽到這兩個字就頭大。

最近爺爺經常尿床，奶奶年紀大，體力不好，根本沒辦法獨自照顧爺爺，所以，喜德必須幫忙處理善後，這麼一來，他便經常上學遲到。他索性用棉被蒙起頭來，假裝沒聽見奶奶的呼救。

他覺得自己真衰，別的同學都有爸爸媽媽或是菲傭照顧他們，他的爸媽卻在他的生命中永遠缺席了。

媽媽因為討厭爸爸愛喝酒，離家出走後再也沒有

回來。從此，他的爸爸更加醉生夢死。某天喜德早晨起床，才發現爸爸躺在浴缸裡，已經沒有心跳呼吸。

喜德呆呆的望著眼前那一幕，沒有流下一滴眼淚。直到爺爺奶奶接獲消息趕到他家，幫忙料理喪事，喜德眼睜睜瞧著爸爸的身體送進焚化爐，他彷彿意識到自己從此將會變成無母無父的孤兒，忍不住嚎啕大哭。

雖然爺爺奶奶的經濟情況並不好，但他們不忍心將喜德送進孤兒院，決定把他帶在身邊。那時候，喜德剛滿六歲，自己還是個孩子，就開始學做家事，變得比一般孩子早熟。

喜德的話不多，尤其是每當有人問起他爸媽的事，他的眉頭總是皺得很緊，好像堆積著千年的冰雪，永遠不會融化。他不知道這樣辛苦的日子還要過多久，只是機械式的一天過著一天。

奶奶見喜德一直沒有動靜，緩步走到他的床前，問他，「是不是睡不夠，還想睡？喜德乖，快點起來吧！幫爺爺換換衣服，再換一下床單，其他的，奶奶來做。」

喜德只好半不情願的起床，慢吞吞的刷牙、洗臉，能拖一下就拖一下。

奶奶一旁看了，忍不住說，「我知道你心裡不痛快，每天要做這麼多家事，可是，你知道嗎？你剛來奶奶家時，經常生病，幾乎都是爺爺陪著你、說故事給你聽。有一回颱風過境，下著大雨，你又突然發起高燒，爺爺自己也在感冒，卻不顧一切揹著你去掛急診，你病好了，爺爺卻病倒了……。你現在幫爺爺做這些，也算是報答他吧！」

喜德沒有吭聲，他怨怪爸爸酗酒，連帶的也怨起爺爺生下這樣不負責任的爸爸。他緊抿著嘴唇，幫爺爺換下尿溼的衣褲，再把尿溼一大片的床單扔進洗衣機，鋪上乾淨的床單。

「桌上有饅頭夾蛋，你帶去當早餐吧！」奶奶邊把洗衣粉倒進洗衣機，邊跟喜德說。

喜德賭氣的說，「我不餓。」匆匆穿上鞋子，背起書包，奶奶追過來，揮揮手上的紙條，「這是今天的菜單和菜錢，放學時順便買回來。」

「嗯！」喜德接過菜單菜錢，走出門。想到放學時，還要推爺爺出去散步，還要幫爺爺揉腿，或許還要收拾爺爺又尿溼的衣褲，他的眉頭又皺起來，怎麼也快樂不了。

這麼一耽擱，喜德又遲到了，踏進教室，他剛要跟老師報告，同學就開始嘲笑他，「老師，好臭喔！喜德又尿褲子了，渾身尿騷味。」

「才不是啦！是他剛剛掉進尿桶了。哈哈哈！」另一個同學誇張的笑著。

這樣的對話已經持續很長一段日子了，喜德假裝沒聽到，走到自己的座位坐下，他旁邊的同學卻「刷」的站起來，「老師，我要換位子。」

比較有同情心的班長這時候說話了，「你們應該覺得羞愧，喜德要照顧他的爺爺，已經很辛苦了，為什麼要嘲笑他？有本事你們永遠不要上廁所，真是的。老師，我跟喜德坐。」

喜德不動聲色，也沒有做任何表示，嘲笑也罷！同情也罷！對他來說，已經沒有任何意義，他只想早日脫離這樣的生活。

放學的時候，喜德繞到市場買了菜，經過「故事寶盒」，故事奶奶正在擦拭櫥窗玻璃，她笑咪咪的問喜德，「買菜啊？真乖的孩子。你奶奶最近好嗎？都沒看到她出來逛逛。」

「奶奶要照顧爺爺，所以沒辦法出來。她最近也有一點重聽，我都要大聲說話，她才聽得到。故事奶奶，為什麼你跟奶奶一樣老，身體卻這麼健康？」

「我也不曉得，大概是上帝看我獨自一個人生活，怕我病倒了，沒人照顧我。你的奶奶爺爺有了你，真是幸福喔！你沒來他們家的時候，我很少看到他們這麼開心，現在他們只要提到你，笑得嘴都合不攏，說你成績好、又聽話，簡直就是一個小天使……。」

「小天使……？」喜德覺得很不好意思，他剛剛還在埋怨生病的爺爺、行動遲緩的奶奶。

「喜德啊！我烤了一個南瓜蛋糕，你帶回去給爺爺奶奶吃，他們的牙齒不好，一定喜歡。來！這是剛出版的故事書，送你一本。」故事奶奶一貫的熱心，喜德也就沒有拒絕。

洗碗、擦桌子，摺疊完從曬衣繩上收下來的衣服，喜德回到自己房間，翻開故事奶奶送他的《膽小雞》，這到底是一個什麼樣的故事？

膽小雞

同樣都是爸爸媽媽的寶貝，小雞小小從雞蛋裡孵出來之後，就是什麼都小，個子小、眼睛小、嘴巴小，連膽子都小，食物吃不多，而且，對陌生的食物更是畏懼再三。

面對爸爸帶回來的蟲子，哥哥姊姊大快朵頤，小小卻哭哭啼啼的說，「扭來扭去的好噁心，我不要吃。」

媽媽帶他們去河邊玩耍，哥哥姊姊開心的戲水，小小卻躲在岸上石頭邊，「我不要靠近，我會淹死掉。」

哥哥姊姊在草叢裡玩捉迷藏，小小卻說，「我會迷路，我會被草刺傷，我不要玩。」

當爸爸教導他們面對敵人，如何使用鳥喙攻擊對方以保護自己時，小小驚呼道，「好痛好痛，我不要練習。」

於是，左鄰右舍都戲稱他是「膽小雞」，爸媽既擔心他會受到欺負，也擔心他長不大。

有一天，雞舍附近出現一隻飢腸轆轆的流浪狗，虎視眈眈望著一群可愛的小雞，打量著要捕捉哪一隻。

媽媽驚嚇得拚命呼喚小雞躲起來，小小太瘦小了，跑得十分緩慢，眼看著要被流浪狗抓到了，媽媽不顧一切衝出去，護衛小小。

流浪狗不想跟雞媽媽打架，轉而追逐其他小雞，哥哥姊姊四處亂竄，爸爸也跑出來加入戰鬥。雞飛狗跳、一陣混亂之後，流浪狗負傷逃走，大家才發現小小渾身是血，躺在地上。

媽媽傷心的哭了起來，「小小啊！媽媽的寶貝啊！你趕快醒過來吧。」

爸爸擦著眼淚說，「小小就是不聽勸，平常不肯學習保護自己的功夫。」

這時候，哥哥一跛一跛的走過來，「爸媽，你們都誤會小小了，剛才我被流浪狗壓住，幾乎無法呼吸時，是小小拚命啄狗的腳，才救了我。」

「真的啊？我可憐的小小啊！」

媽媽哭得更大聲了。

這時候，小小卻睜開小眼睛，小嘴虛弱的說，「媽媽不要哭，我還活著，我以後要乖乖吃東西、乖乖練功夫，才不會被欺負。」

說也奇怪，這天以後，小小的膽子突然變大了，他的胃口也變好了，一場看似狂風暴雨的危險，卻改變了小小。

- 小小的膽子為什麼這麼小？
- 流浪狗來襲時，小小選擇什麼方式面對？

喜德闔上書，撐著頭想著，如果他是小小，他會怎樣面對危險？逃之夭夭嗎？或是躺在地上等死？還是想盡辦法拯救自己？

今天放學時，老師曾經對他說，「雖然你比別的同學辛苦，要做很多的家事，可是，相對的，你也比這些同學會做更多的事。看起來好像是一場災難，對你，也許是一種祝福喔！」

於是，喜德拿出一張空白的紙，寫下自己會做而很多同學不會做的事情，洗衣、晾衣、幫爺爺洗澡洗頭、買菜、洗菜、煮麵、繳水電費、搭公車……，寫到這裡，他開始覺得自己真的很厲害，忍不住跳起來，決定在爺爺奶奶睡覺前，幫他們按摩手腳……。

貧窮一點不丟臉

自從爸爸失業以後，原先意氣風發的他變得一蹶不振，天天在家唉聲嘆氣，覺得公司對不起他，社會虧負了他，國家冷落了他。於是，他縮在自己的房間裡，什麼地方都不想去，走出房門做的唯一一件事就是打電腦。

媽媽軟硬兼施，罵他是「老宅男」，卻激勵不了他，勸他要做兒女的榜樣，他也聽不進去，照樣我行我素，不肯出去找工作。

幸好媽媽沒有因此失去信心，幫鄰居帶小孩賺錢，又訂下規則要如雲、如海兩姊弟節省過日子，同時要如雲到學校跟老師說，「我們家生活困難，希望老師能把營養午餐剩下來的菜，多分一點給我們。」

如雲拚命搖頭，「我不要拿剩菜，會被同學笑我們是乞丐，好丟臉喔。」

「窮有什麼好丟臉，我們不偷不搶，剩菜拿回來熱一熱，就很好吃了，一個月也可以省好幾千元。我明天打電話給你們老師。」

當老師把如雲叫進辦公室時，如雲擔心老師要問她剩菜的事，她的頭垂得低低的，老師卻說，「如雲，你最近的功課怎麼退步了，是不是要做很多家事？」

如雲搖搖頭，「沒有，家事大都是媽媽做的，我只有幫忙洗碗。」

「你爸爸……還好吧？」老師吞吞吐吐的問。

如雲先搖頭接著點頭，「我爸爸很好，他只是有點累，想要休息一下，我也覺得他上班很辛苦，不要上班比較不會發脾氣罵人。」

「可是，我聽你媽媽說，希望分一點營養午餐的……菜回去。」老師說得很謹慎，把「剩菜」的「剩」字吞了回去。「所以老師幫你準備了一些裝在環保袋裡，你放學的時候到老師這裡來拿。」

如雲忽然發現同學在窗外探頭探腦，立刻說，「我不需要，謝謝老師。」匆忙離開辦公室。

接連幾次，如雲都沒有達成拿剩菜回家的任務，媽媽下了最後通牒，「你如果再不拿剩菜回來，我明天自己去你們學校拿。」

如雲心想，這樣子一定會被同學知道，還不如她自己拿回家，可以神不知鬼不覺，躲開所有同學。

放學以後，她確定同學走得一個都不剩，才到辦公室找老師。拎著有點重量的環保袋，塑膠袋裡的湯

湯水水晃來晃去，讓她的腳步也變緩慢了。

走了一段路，手有點痠，她正想換一隻手提，班上她很喜歡的國棟走過來，她緊張得握住環保袋，不曉得要躲開還是迎面而去，國棟友善的說，「你手裡是什麼？好像很重，我幫你提。」

「不用了，真的不用了。」如雲閃開來，一個不留神，環保袋摔落在地，裡面的塑膠袋破了，菜和湯汁流出來，沾到鞋子，她想去抓袋子，卻濺了一身都是湯汁，她尷尬的哭了起來。國棟有些無措的說，「你不要哭，這是營養午餐的剩菜是不是？我幫你再去跟老師要。」

「你不要管我，你走開，你走開。」真相被揭露的如雲，哭得更大聲，明天？不，說不定就是今天，全班都會知道她家吃剩菜，然後常常跟她作對的小真就會笑她，「原來我們的剩菜不是拿去餵豬，而是……」

國棟抓抓頭，走開了，狼狽的如雲站在路邊顯得十分無助，就在這時候，出門買豆花的故事奶奶剛好遇上如雲，就對她說，「來，如雲，到故事奶奶的店裡，我幫你把衣服弄乾淨，在你看故事書的時候，我燉鍋雞湯讓你帶回家。」

如雲抬起頭，原來她就是傳聞已久的故事奶奶，她今天的頭髮是勁爆的綠色，好酷喔！她曾經去過一次「故事寶盒」書店，可是因為自己沒有錢買書，只好轉身離去。

沒想到，故事奶奶不但會說故事，還會燉雞湯，如雲跟著她回到店裡，好幾位小朋友正在看故事書。當如雲在洗手間忙著把身體弄乾淨時，已經聞到雞湯

的香味。故事奶奶笑咪咪的對她說，「來，你是我們今天的貴賓，你可以免費挑一個故事帶回家。」

她興奮的掀開故事寶盒，閉著眼睛抽，挑到了《沒有城堡的公主》故事。

於是，這個晚上他們家享受了一頓雞湯大餐。夜晚洗好澡、換了睡衣，如雲便舒服的縮在床上看《沒有城堡的公主》。

沒有城堡的公主

古老的小城裡，有一座古堡，住著國王、王后和公主一家人，公主每天都很快樂，到花園賞花，去廚房看廚師做菜，到河邊欣賞小魚小蝦小蝌蚪游泳，其中，她最喜愛的就是坐在窗邊，把夕陽、日出或是雨中的小城畫成一幅幅美麗的圖。在她的世界裡，沒有痛苦，沒有傷悲，也沒有煩惱。

遙遠的巫師望著這一切，十分的生氣，心裡想，公主因為擁有一切，當然快樂，如果她失去了她的最愛，他就不相信公主還會笑得出來？

於是，他施了魔法，讓國王、王后在一夜之間得了急病，群醫束手無策，眼睜睜看著國王、王后離開世界，公主當然哭得很傷心。但是，第二天起床，她發現小城裡的居民開始慌亂，她決定擦乾眼淚，振作起來，跟大臣商量治理國家的方法。不久之後，城堡裡又充滿笑聲，笑聲飄到巫師耳裡。

巫師更生氣了，「哼！這一次我要奪走你的城堡，看你還笑得出來嗎？」

果然，巫師讓一場無名火燒掉了城堡，更可怕的是，

大火一直延燒，把小城裡的房子也燒光了，城堡裡的人搶走值錢的物品，居民也都四散而去，放棄了他們的家園。

　　公主穿著一身髒兮兮的衣服，沒有閃亮的項鍊，也沒有美麗的鞋子，她赤腳走在森林裡，腳上流著血，臉上掛著淚，直到她走累了，睡倒在一個樹洞裡。

　　夜裡，公主聽到有人喊著「救命！救命！」原來是一隻受傷的貓頭鷹，折斷了翅膀，站在樹根旁不斷呼叫，想要躲進樹洞裡卻飛不上去。

　　公主把貓頭鷹捧在手裡，幫牠清理傷口，找到樹枝固定牠的翅膀，用落葉鋪了一個窩，讓貓頭鷹休息。

　　就這樣，公主跟貓頭鷹變成好朋友，她也在森林裡住了下來，幫助動物們解決問題，教動物們如何躲避危險。她又恢復往昔的燦爛笑容，雖然她沒有了城堡，但是她知道，她沒有失去她的歡笑。

故事奶奶有問題

- 如果你沒有爸爸或媽媽、沒有健康，你還能快樂過日子嗎？
- 森林裡的動物為什麼接納公主做他們的朋友？

如雲閉上眼睛想著，公主真是可憐，短短時間失去了一切，如果是她，大概是坐在灰燼裡大哭，哭到眼睛瞎掉吧？可是，哭瞎了眼睛，就能把爸爸媽媽變回來嗎？

明天，她打算要主動跟老師說，請老師準備剩菜時，不用偷偷拿給她，她要抬頭挺胸拎著剩菜走回家。

右
右
右
右
小松鼠

如果沒有了路名……

小唐喜歡待在家裡，平常除了上學，他都盡量不出門，不管同學約他去多好玩的地方，他一概拒絕，同學笑他是「宅少年」，媽媽說他是不願意蛻變的「蠶寶寶」，躲在繭裡不想出來，他也不在乎。

老師很想幫助小唐打開心胸，認識外面的世界，關心的問他，「你是不是害怕有人躲在暗處欺負你，所以，你只好足不出戶？」

小唐搖搖頭，緊閉嘴巴，不願意說出真正原因。

那是他念幼稚園大班時發生的事件，媽媽帶他出門逛街，買東西時，鬆開了他的手，他走啊走的，發現媽媽不見了，嚇得大哭，到處亂鑽，卻認不出他來時的路，只見到一群陌生人圍繞著他，有人拉他的手、有人摸他的頭，還有人想要抱起他。

他拚命掙扎，拳打腳踢，哭得更凶，最後被送到派出所。直到天黑，媽媽的身影才出現，那時的小唐已經哭得沒了聲音。那以後，他經常做惡夢，夢見自己在夢裡迷路，找不到回家的路，嚇醒之後，五次有三次尿溼褲子。

眼看著他即將升上國中，老師、爸媽都很擔心小唐繼續封閉自己，聯手設計「找街」的假期作業，要求每位同學畫出住家附近的十條街道，並且標示每條街道的麵包店、早餐店或小吃店。

小唐聽了萬分苦惱，「好討厭，是誰發明這麼多奇怪的路名，我不要寫假期作業。」

隔壁的漢宜安慰他說，「簡單啦！你可以買一份紙本地圖，或是上網找google的地圖，就可以輕鬆畫出這些街道。」

老師似乎早就看穿他們的偷懶招數，另外規定，「除了標示位置，你們至少要跟三家麵包店或早餐店或小吃店的老闆合照。」

天哪！小唐幾乎要哭出來了，趴在桌上拚命搖頭，「我不要寫，我不會寫。」

老師耐心鼓勵他，「小唐，鼓起勇氣試試看，你可以找幾個好同學一起完成啊。」

大家彷彿事先套好招，七嘴八舌提供意見給小唐，最後約在他家見面，一起商討「找街」計畫。

攤開漢宜帶來的地圖，小唐的頭立刻膨脹好幾倍，被一大堆的路名弄昏了。

「為什麼這些路名這麼複雜？有的是人名，有的又是忠孝仁愛信義和平，還有的用大陸的地名？誰記

得住啊！」

漢宜也認同他的看法，「如果從東一路東二路，或是南三路南四路……這樣一直命名下去，不是很好記嗎？」

「我爸爸說的，路名就像一個人的名字，有些是為了紀念祖先，有些是提醒我們生活規範，有些則是代表著過去的回憶。」小浩立刻發表意見，「中山路是為了紀念國父，劉銘傳路是為了感謝劉銘傳，這樣我們就不會把這些有貢獻的人物忘掉了。」

小唐聳聳肩，「反正我還是覺得沒有路名最好，老師就不會出這麼奇怪的作業。」

當天晚上，小唐做了一個怪夢，夢到他走出家門，每一條路的路標都不見了，他站在街頭，四處張望，不曉得自己置身何處，隱約聽到一個聲音說，

「往忠孝路走啊！」

忠孝路？哪一條是忠孝路，每條街都長得好像。

接著，他又聽到一個聲音說，「中正路走到底，往右轉就是忠孝路。」

可是，到底哪一條才是中正路？他記得他前方的應該是中山路，但是沒有路標，許多的路在他面前錯綜複雜的展開，就像一個無止盡的迷魂陣，無論他往哪一個方向走，道路看起來都好像好像……。

當小唐醒來，已經嚇出一身冷汗，沒有路名，竟然這麼恐怖，搞不好他連走到學校都會迷路。

上學時，老師突然通知他，「小唐，你趕快趕去醫院，你媽媽生病住院了。」

「媽媽生病？她在哪一家醫院？」

老師把寫著醫院名字和地址的紙條遞給他，「你

爸爸要你立刻到醫院找他。」

「可是，老師……」「我不敢啊！」後面四個字尚未說出口，老師已經走遠。

小唐垂頭喪氣的在街上亂逛，媽媽的病一定很嚴重，他不能不去醫院，如果搭計程車呢？他又沒有帶錢。

一不小心，他撞到「故事寶盒」書店的招牌，摸摸頭，他靈機一動，也許可以跟故事奶奶借車費。

沒想到，當他結結巴巴提出要求時，故事奶奶卻遞給他一本故事書——《沒有名字的松鼠》。

沒有名字的松鼠

小松鼠長大以後，媽媽送他到學校念書，可是，小松鼠卻不喜歡寫功課，尤其不喜歡寫自己的名字。

老師問他，「你叫什麼名字啊？」

「我叫小松鼠。」小松鼠立刻回答。

當老師開始點名，「小松鼠。」竟然有五隻松鼠舉手，因為他們都不喜歡寫很多字，這樣一來，老師要他們寫名字時，他們只需要寫「小」這個字。

老師要大家打掃教室時，分配工作，「小松鼠，用你的尾巴把樹洞裡的垃圾掃出去。」

五隻小松鼠立刻推來推去，「老師是叫你去做事啦，不關我的事。」

可是，中午吃點心時，當老師集合大家，「今天小松鼠的爸爸送來很多果子，讓大家一起享用。」

五隻小松鼠又開始爭鬧，「是我爸爸啦！我爸爸最有愛心，才會送食物來，所以我要多吃幾個。」

「才不是你爸爸，是我爸爸，他喜歡跟大家有福同享。」

「一定是我爸爸，他說過，要尊敬老師，要送禮物給老師。」

吵了半天，還沒有定論，其他松鼠已經把果子都吃到肚子裡了，小松鼠看到一地的果殼，氣得跳腳，「是誰？是誰這麼惡劣，都不留一點好吃的東西給我。」

結果，開學第一天，小松鼠積了一肚子的氣回家。當媽媽問他，「今天上課是不是很有趣啊？爸爸看你上課這麼乖，特地採了許多果子送到教室去，你吃到沒有？」

「哼!其他小松鼠都說是他們的爸爸送去的,搶著吃光了,我什麼都沒有吃到。」

「沒關係,媽媽還留了幾個給你,明天可以當作你的午餐。」

小松鼠氣呼呼的說,「明天我不去學校了,我討厭那幾隻小松鼠。」

「你說的是誰?誰家的孩子?」

「就是小松鼠啊!他們跟我一樣,都叫小松鼠,愛學人家,沒有創意。」

「你為什麼不告訴老師,你叫作小潔,就是很愛乾淨的意思。當你有了名字,你就跟別的松鼠不一樣了。」

為了不再像上學第一天那麼混亂,小松鼠決定告訴老師,他的名字叫作「小潔」。

當老師點名「小潔松鼠」的時候,小潔把手舉得高高的，他同時也下定決心，要認真寫好自己的名字，讓大家都認識他。

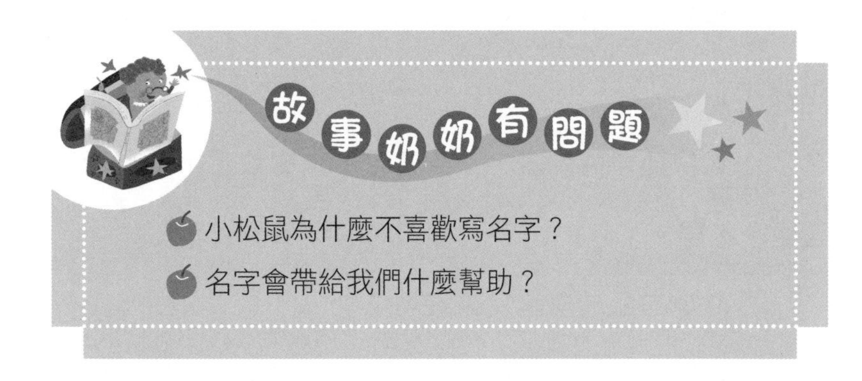

小松鼠為什麼不喜歡寫名字？

名字會帶給我們什麼幫助？

故事奶奶摸摸小唐的頭，「有名字不是壞事，如果沒有了路名，你要怎麼找到你媽媽呢？來，我幫你畫一張地圖，你按照這些路名，我相信可以順利找到醫院的。」

小唐看看故事奶奶慈祥的面容，他相信故事奶奶不會騙他，於是，他緊握著這份地圖，一條街一條街朝前走去，因為心中牽掛媽媽，他的腳步不曾停歇，偶爾迷路一下，因為手中有地圖，路口有路名，很快又繞回原路。

緊張與害怕的心情交錯著，小唐總算順利抵達醫院，而且也找到媽媽的病房。

小唐好感激從前的人幫這些道路取了名字，讓他靠著路名找到方向。他站在媽媽床前，跟媽媽說的第一句話竟然是，「媽媽，感謝你生病，讓我有機會學習認路。」

寶盒之鑰 3

——驅走死亡的黑暗

半臉公主

小莉吃完早餐，正準備出門時，媽媽趕到門口叫住她，「小莉，你班上今天不是要選出參加全校跳舞比賽的隊伍嗎？」

「嗯！」小莉冷冷的應了一聲，不若平常，提到跳舞，整張臉都亮了起來。

「你怎麼把跳舞衣服留在房間？」媽媽疑惑的問。

「反正我也不會被選上，穿不穿都一樣。」小莉悻悻然穿上鞋子，推開門，媽媽卻攔住了她，「不管別人說什麼，你自己喜歡的，就要堅持下去，不要輕易放棄。」

小莉抬起頭，眼眶溼溼的，忍不住說，「還不是

要怪你，都是你把我生成這樣。」她抓著媽媽硬塞過來的跳舞衣，衝下樓梯，眼淚再也控制不住，順著面頰，落在衣襟上。

她知道自己不應該把脾氣發在媽媽身上，可是，想到她臉上的胎記，讓她受到如此大的羞辱，她沒有地方出氣，只好怨怪把她生下來的媽媽了。

小莉念幼稚園時，左臉頰的胎記只是一元錢幣大小，遠看像是塗得太濃的腮紅，再加上，她唱歌好聽、說故事動聽，也沒有人在她的胎記上大作文章。可是，進入小學之後，胎記隨著年齡增加，不斷擴張它的尺寸，直到像一個棕色雞蛋那麼大。在她白皙的臉上，愈發明顯。

惡作劇的同學，為她取了不少綽號，「陰陽臉」、「黑白臉」，還有，叫得最響亮的「半臉公主」。「半臉公主」是小莉暗戀的魯凱的傑作。有一回，小莉當選模範生，有些男生很不服氣，嘲笑小莉，「成績好有什麼用，看你長得這副樣子，你將來注定沒有前途。」

魯凱阻止男生欺負她，就說，「人家吳小莉的右邊臉很漂亮，至少也是半臉公主，總比別人整張臉都很醜要好得多吧！」

可是，在小莉的耳裡聽起來，她覺得魯凱明著是幫她，暗地裡是在諷刺她，從此把他的名字在自己的心上塗掉了。她氣憤填膺的跟經常安慰她的爸爸說，「全世界的男生都只重視外在美，沒有人會看到我的內心。」

「你現在才十一歲，你要耐心等待，不要因為一個男生嘲笑你，就認為全部的男生都是黑烏鴉。在爸

爸眼裡，你永遠都是最美麗的小公主。」

小莉爸媽就是擔心她會受到異樣眼光影響，變得自卑，所以從小就不斷讚美肯定她，鼓勵她參加各種活動，學習各種才藝，轉移她對自己胎記的注意力。

當她長大以後，愈是站在台上，受到的注意力愈多，對她的攻擊批評也更多，她開始逃避舞台，當媽媽繼續鼓勵她時，她卻轉變為抗拒，「你們不要再說了，你們這樣做，根本就是逼我上台出醜。」

當她到了學校，把自己的決定告訴班長明惠時，明惠勸她，「你跳得很好，又不會怯場，你不參加，我們這一組就沒有機會拿到代表權了。」

「我覺得英智跳得比我好，她也比我長得好看……」

「對對對，小莉說得沒錯，幸好她有自知之明，她那張臉，一定會害我們扣分的。」美蓉跳出來講話，贊成換人。

其他同學也跟著呼應，「我們也覺得視覺效果很重要，又不能要小莉只露出她的右邊臉。」

就這樣，小莉被換了下來。他們班級最後在比賽中被淘汰了，同學議論紛紛，明惠也很生氣的為小莉抱不平，「我早就告訴你們，小莉跳得很棒，她有大將之風，你們就是不肯聽我的……。」

可是，任何安慰的話語都無法激起小莉的鬥志，她把裝了跳舞衣的袋子扔進垃圾桶，垂頭喪氣的獨自走回家。

男同學們三三兩兩的在街上追逐、嬉鬧，不小心撞到滿頭捲髮的故事奶奶，故事奶奶紙袋裡的柳丁散落一地。

小莉立刻走過去，制止他們，「你們怎麼這麼粗魯？」

「哇！鬼來了，鬼來了！」男同學誇張的嘲笑小莉。

小莉氣歸氣，還是走過去扶起故事奶奶，一邊幫忙把柳丁撿進袋子，「奶奶，你好，你有沒有受傷？要不要我送你去醫院？」

「不用了，你送我回家就可以了。你這個孩子真有禮貌，不像那些孩子，調皮搗蛋，唉！」

故事奶奶回到「故事寶盒」店裡，親自榨柳丁汁請小莉喝，「你的爸媽一定很愛你，把你教得彬彬有禮。我特別送你一個故事，希望可以除去你心裡的煩惱。」

小莉趕緊坐到店裡的藤椅上，迫不急待的讀《愛跳舞的女孩》。

愛跳舞的女孩

婉玲從小就喜歡跳舞，於是媽媽送她去全國最有名的舞蹈學校，希望她長大以後，可以成為世界著名的「舞蹈家」。

可是，沒有想到，在她十歲那年，她跟同學玩球時，突然跌倒在地，當場就摔斷了腿。緊急送到醫院，經過檢查，竟然發現她罹患了骨癌，而且，因為發現太晚，必須立刻做截肢手術，以挽回她的生命。

爸媽擔心婉玲受不了這個打擊，隱瞞了事實，當她從麻藥中醒來，發現自己失去了右腿，她又哭又鬧，「我不要活了，沒有腿，我再也不能跳舞了。」

她不肯吃、不肯喝，存心放棄自己。住在她隔壁床的小武在她又打翻餐盤時，輕聲跟她說，「你只是失去了一條腿，可是，我卻可能失去我的生命。我都很努力的活著，你為什麼要放棄自己？想想看，你至少還有一條腿啊。」

之後，她跟小武彼此砥礪，互相打氣，希望對方都能快樂活下去。末了，小武敵不過癌細胞的侵襲，離開了世界，臨走前，他緊握住婉玲的手說，「你要用你的腳，替我們兩個跳舞給全世界的人看。」

於是，婉玲不再哭泣，不再自暴自棄，她很努力的復健，用她還有的一隻左腳，跳出最美的舞姿，她巡迴世界各地，以她的舞蹈，還有小武的故事，鼓勵了很多在絕望中的人。

- 婉玲失去一條腿，她為什麼很傷心？
- 為什麼婉玲能重新站上舞台？

小莉掩上故事書，不由摸摸自己的右臉，她至少還有美麗的半邊臉，還有許多別人沒有的才藝，還有爸媽美好的家教，她應該為自己擁有的，感謝爸媽對她的愛。不論是右臉或左臉，都是她的臉，都是自己的一部分，她為什麼要像別人一樣討厭她的臉？

開口閉口惹人嫌

琪琪長得面貌清秀，小學成績也中等，卻偏偏人緣極差，大家都很怕跟她說話，因為任何一件事從她嘴裡出來，完全變了樣，甚至讓人不舒服，只想快快走開。

琪琪有時候對著鏡子，端詳自己的五官，眉毛、眼睛、鼻子都長在正確位置上，她的嘴唇紅潤，看不出來有什麼問題，為什麼大家都說她的嘴好「賤」。她百思不得其解。

問起爸爸，爸爸「唉！」的嘆了一口氣，「大概是跟你的保母有關吧！」

小時候，琪琪是很孤單的，媽媽長年憂鬱症，躲在家裡不愛出門，爸爸開計程車賺錢維持一家生計，為了照顧琪琪，只好把她帶在身邊，坐在計程車的前座。

剛開始，乘客頗能體諒車上多一個小孩。漸漸的，乘客受不了琪琪的哭鬧，或是覺得自己花了車錢，就應該享受整輛車的空間，她爸爸只好幫她尋找負擔得起的保母照顧她。

琪琪換過無數的保母，每個保母的嘴上功夫了得。

第一個保母是家庭主婦，很喜歡看電視劇，尤其是打打殺殺的黑社會、哭哭鬧鬧的暴力家庭等的情節，幾乎是她家的固定頻道，保母經常學劇中人物說三字經等粗話，跟她的老公吵架，也是出口成「髒」，對著琪琪，她也是像夾三明治一般，每句話都夾一個髒字。

自然而然，琪琪也學習著保母的三句不離髒。

第二位保母大概是武俠小說看多了，滿腦子想著報復、復仇，好像全天下的人都虧欠了她，生活中充滿殺戮氣息，凡事都扯到「死」，看到她討厭的蟑螂螞蟻，她一邊追打，一邊大喊：「要死啦！打死你，打死你，看你死到哪裡去！」聽到鄰居唱卡拉OK的噪音，她就打開窗子嘶吼，「要死啦！吵死人了，氣死我了，我要叫警察把你們關到死。」

所以，「要死啦」已成為琪琪說話的冠詞。

第三位保母更誇張，因為迷信的關係，認為每個人都有前世今生，動不動就咒詛別人，「你是不是上一代做了缺德事？你下輩子一定做牛做豬。」「像你這種人，下地獄一百次都不夠。」

之後，陸續的幾位保母或保母的丈夫，說話的習慣無形中都感染了琪琪。媽媽沒心力管她，爸爸沒時間教她，久而久之，集髒話、咒詛話、滅絕話、黑話之大成的琪琪，讓人難以招架，見了她，乾脆逃之夭夭。

最近的一次，爸爸開計程車帶琪琪上街買東西，順便搭載其他乘客，乘客東西多、動作慢，看到琪琪坐在前座，嘴裡嘟囔了幾句，琪琪轉過頭來破口大罵，「你想死是不是？我詛咒你祖宗八代，給你方便你當隨便，〇〇※※＃＄＠……」

乘客嚇得目瞪口呆，琪琪的爸爸更是火得把她趕下車去，說她：「你太丟臉了，你才十歲，說話就這樣，我不敢承認你是我女兒。」

琪琪還想繼續罵人，望著爸爸的計程車揚長而去，感覺自己好像被遺棄了，不曉得為什麼，突然興起一股傷感，好像這個世界因為她的詛咒，已經變得一片灰暗。

抬頭就見到「故事寶盒」的招牌，玻璃門上的海報寫著——

「你想要改變嗎？你想要變得討人喜歡嗎？

每一個故事，都可以帶給你奇妙的改變。」

琪琪不由自主走進去，翻起架上最新出版的一本書——《爆吵猴的聲音》。

爆吵猴的聲音

猴子一家住在大樹上，各忙各的，各有各的地盤，相安無事的過日子，直到「爆吵猴」出世以後，完全變了樣。

爆吵猴學說話以後，說話速度奇快無比，而且不會停止。即使睡著了，也是夢話一籮筐，甚至突然坐起來，嘰哩咕嚕說上一大串。

剛開始，媽媽很興奮，說：「我家要出一位演說家了。」但聽久了也會受不了，好像有人在耳邊揉搓著樹葉，吱吱喳喳，吵死人了。

更誇張的是，爆吵猴還喜歡多嘴多舌，不管看到什麼事，不管該不該說，他都見人就講。

他看到別家猴子吃香蕉，嘲笑他們好像吃大便；看到別的猴子屁股紅，就說他們是偷擦媽媽的口紅；別家猴子爸爸晚上睡覺會放屁，他就到處廣播一百遍。

有一回，媽媽跟爸爸鬧彆

扭，心情不好，偏偏爆吵猴又在旁邊嘰嘰呱呱，說他肚子餓，說他要上廁所，說他想去別棵樹上玩，媽媽氣得隨口就說，「好煩好煩，你可不可以安靜一下，閉上你的嘴，永遠不要說話。」

沒想到，爆吵猴竟然就此發不出聲音，好像變成啞巴，嘴巴張得大大的，卻沒有聲音。

他慌張的拉著媽媽的裙子，指著自己的喉嚨，幾乎要哭出來，媽媽鬆了一口氣說，「我的耳根終於清淨了。」絲毫沒有發覺爆吵猴的異樣。

爆吵猴嚇得到處亂跳，跳過所有的樹枝尋找他的聲音，可是，卻不知道他的聲音躲到哪裡去了。過了許久，爆吵猴坐在樹底下，難過的說，「如果找回聲音，我一定要珍惜它。」這時，他的聲音突然出現了，他又可以說話了。

但是，爆吵猴高興不了多久，因為，只要他說話太吵，亂說話嘲笑人，他的聲音立刻就消失無蹤。

爆吵猴不知道怎麼辦？他好害怕永遠失去自己的聲音，他都快發瘋了。他問媽媽，「我會不會有一天真的變成啞巴猴，說不出一句話？那我寧願死掉。」

「你可以想想辦法啊？說不定你改變說話的方式，你的聲音就不會討厭你而逃得遠遠的。」媽媽勸他。

於是，爆吵猴開始認真記錄，他每次說了什麼話，聲音就會氣跑，例如他笑別的猴子屁股紅，是因為偷吃了紅油漆，聲音就會不見。可是，如果他說別的猴子屁股紅得像成熟的紅蘋果一樣漂亮，他的聲音就會好好留著。

漸漸的，爆吵猴為了避免失去聲音，說的話少了，而且說出來的話，都是讓人聽了很舒服的話。

爆吵猴的聲音為什麼不見了？

爆吵猴的聲音為什麼願意回到他身邊？

琪琪把書翻過來翻過去，想要弄清楚故事裡的意思。她下意識摸摸自己的喉嚨，忍不住想著，如果有一天她的聲音也失蹤了，她該怎麼辦？

這個童話故事根本是騙小孩的，她忿忿的站起來，把書丟下。這時故事奶奶走了過來，溫柔的問她，「怎麼啦？是不是看不懂？」

琪琪正想說，「這什麼鬼故事，寫得爛死了！」卻突然發現，自己的聲音不見了，望著笑咪咪的故事奶奶，她急得哭出了眼淚。

關門大吉

浩浩背著書包，晃啊晃的到了巷口，抬起頭來，遠遠的陽台鐵窗裡面，彷彿是媽媽那熟悉的身影，浩浩揉揉眼，不敢相信，媽媽不是住在醫院裡嗎？她怎麼出院了？

媽媽跟他揮揮手，確定是媽媽了，他興奮的三步併作兩步衝進公寓大門，鄰居李媽媽叫住他，「小弟弟，你怎麼不關門？」

「門本來就是開的。」浩浩不想停下腳步，他太想見到媽媽了。

可是，李媽媽似乎不想放過他，攔住他的前路，「如果每個人都像你這樣，那還要裝大門做什麼？去把門關上。」

浩浩把頭撇開來，不想理她。

李媽媽繼續說，「前不久有一隻野貓跑進地下室，生了一堆小貓……。」

「如果她在外面生小貓，小貓就會死掉。」浩浩不以為然。

「你知道什麼？野貓帶來許多跳蚤，萬一整個公寓都是跳蚤怎麼辦？」

「我爸爸說的，那是大人的事，我是小孩子，我不懂。」浩浩擠過她身邊，朝樓梯跑上去。

回到家裡，浩浩才知道原來是媽媽跟醫院請假回家的，媽媽特地要浩浩陪他去超級市場買菜，「這樣，我可以煮一些菜放在冰箱裡，你跟爸爸可以慢慢

吃。」

當浩浩陪著媽媽下樓，他擔心李媽媽突然出現，又要囉哩叭嗦，趕緊拉著媽媽開門出去，李媽媽突然跑出來在他身後大叫，「浩浩，你為什麼又不關門？」

浩浩假裝沒有聽見，媽媽問他，「怎麼回事？你是不是經常不關門？」

浩浩撒了謊，「只有今天啦！」

去百貨公司逛了逛，到超市買了菜、吃了冰淇淋，浩浩跟媽媽快樂的搭車回家。剛剛走進巷子，意外發現一輛警車停在他家大門口，難道是……？他有不祥的預感。

就在他們離家不久，公寓裡闖進小偷，幸好李媽媽發現，報了警，警察趕到時，小偷已經跑走了。

公寓每一戶人家正在檢查是否遺失了貴重東西，浩浩猛然想起他新買的電腦，還有電視遊樂器，匆忙跑上樓，只見他家大門已經被撬開，他媽媽的首飾盒散落一地，他的電腦也被搬到玄關，差點被偷走。

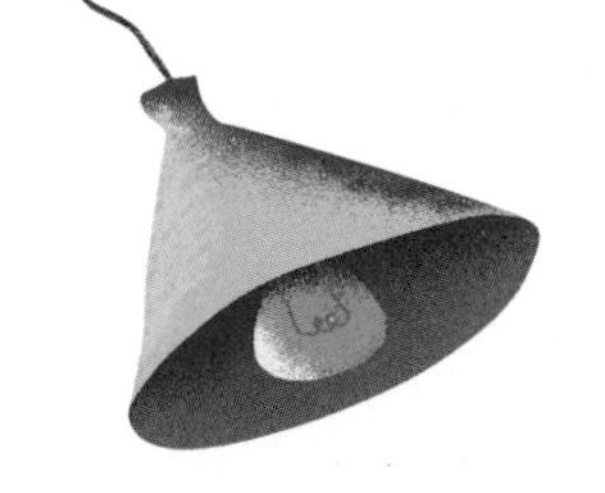

當警察上樓詢問時，媽媽已經清點完畢，「謝謝警察先生，我們家沒有遺失東西。」

「我聽你們大樓的李太太說，大家常常不關門，所以才會讓小偷乘虛而入，你們要記得隨手關門。」警察臨走前，特別提醒他們。

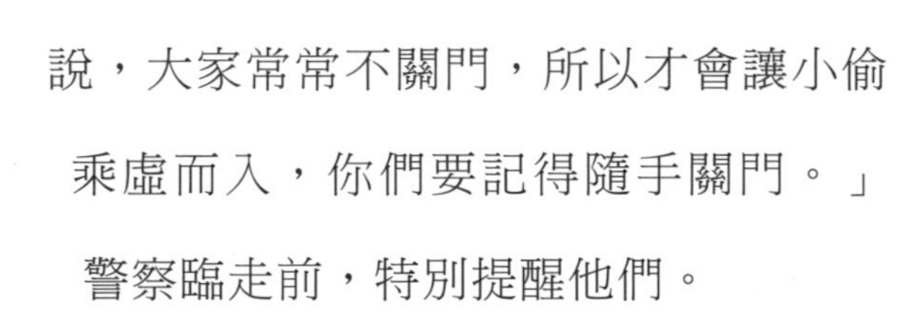

媽媽回頭囑咐浩浩，「媽媽還要住院一陣子，你要守規矩，不要讓媽媽擔心。」

「又不是我的錯，很多人都不關門的。」浩浩低聲抱怨。

因為媽媽第二天要回醫院，特別帶浩浩去故事奶奶的店裡請教她，「我不常在家，不曉得要怎麼教浩浩別製造麻煩，惹鄰居生氣？」

故事奶奶說，「我可以找一些故事書給他看。這樣吧！為了避免你擔心，浩浩放學後，可以暫時到我這裡來等他爸爸下班回家。」

浩浩嘟著嘴說，「我媽說我太自私，不懂得尊重別人。可是，我哪有啊？」

故事奶奶摸了摸他的頭說，「我以前也是這樣，不喜歡別人管我，愛怎麼樣就怎麼樣。這樣到底好不好呢？我這裡有很多故事書，隨便你想看哪一本，看完之後，我相信你就可以找到答案。」

浩浩曾經養過一隻貓，於是，他挑了一本《老鼠與貓等待天亮》的故事。

老鼠與貓等待天亮

小白貓每天只要喵喵叫幾聲，主人就很高興的摸摸他，讚美他好乖、好漂亮，餵魚給他吃。他多半的時候就是在專屬他的金色軟墊上睡覺，偶爾舔舔四隻腳，過得很愜意。

灰老鼠卻不一樣，他每天必須十分忙碌的跑進跑出，

尋找食物，弄得渾身是汗，小白貓嫌他臭，主人也會指著他罵，「你真是一隻好吃懶做的老鼠，又臭又醜。」

累了一天，灰老鼠縮在天花板的角落裡，悄悄望著小白貓，心頭湧現出羨慕與嫉妒，多希望自己有一天也可以躺在金墊子上，吃著主人給他的美味食物。

狂風暴雨的季節來臨了，主人剛好遠行不在家，請求鄰居幫忙餵食小白貓。只是入夜以後的風雨實在太大了，鄰居無法走到他家，小白貓餓得喵喵叫，卻無人理睬。

灰老鼠啃著他儲存的乾饅頭，望著飢餓的小白貓，忍不住揶揄他，「我可以分一點饅頭給你吃，你要不要啊？」

小白貓驕傲得抬起頭，「誰希罕啊！等主人回來，我就有新鮮的魚吃了。」

可是，主人還是沒有回來，風雨卻愈來愈大，漸漸

的，雨水漫進了屋裡，電也停了，小白貓嚇得喵喵亂叫，不停跳往高處的家具，避免被水弄溼。灰老鼠從天花板探出頭來，十分擔心水勢繼續高漲，小白貓會發生危險。

於是，他不再計較小白貓平時對他的惡劣態度，大聲呼喊，「小白貓，小白貓，你趕快到天花板上，我可以帶你逃到屋頂去。」

「你的洞那麼小，我鑽不進去。」小白貓抖了抖身上的

水，怯生生的說，完全失去平日的威風。

灰老鼠發揮他啃東西的本領，把天花板的小洞啃成了大洞，讓小白貓順利的爬上天花板。因為實在太餓了，小白貓勉強吃了幾口乾乾的饅頭，意外的發現饅頭竟然比魚更好吃。

天亮以後，雨勢變緩，淹進屋子裡的水也漸漸退了，主人這時終於回到家。顧不得泡壞的家具，呼喊著小白貓，小白貓開心的在天花板上呼應著主人。

這天晚上，主人用自己的外套鋪了一個乾淨的窩給小白貓睡覺，還用魚罐頭拌餅乾給他吃。

小白貓抬起頭來，望著天花板上的灰老鼠，喵喵叫了幾聲，跟主人說，「是老鼠救了我，我要跟他一起分享食物。」

主人點點頭，這一次，他沒有罵他臭老鼠、醜老鼠，而是說，「你真是一隻有愛心的老鼠。」

灰老鼠不但跟小白貓共享了一頓美味的晚餐，也因為累了一天，他偎靠著小白貓，在主人的外套上一起睡著了。

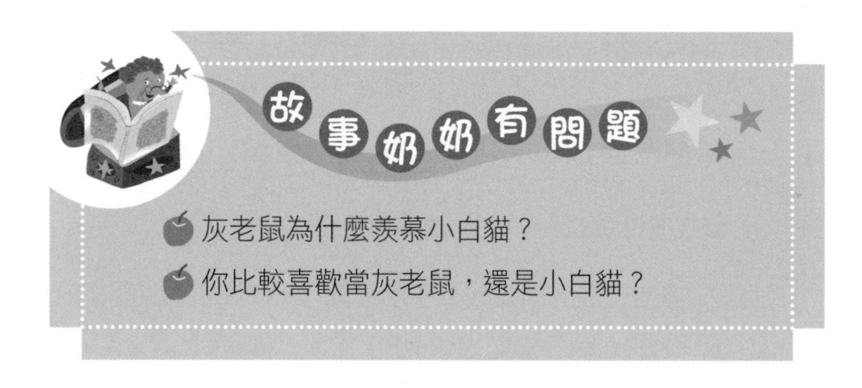

灰老鼠為什麼羨慕小白貓？

你比較喜歡當灰老鼠，還是小白貓？

浩浩揉揉眼睛，心頭有一點感動。他以前很討厭老鼠，覺得躲在暗處的他們很奸詐，反而覺得貓比較漂亮，討人喜歡。沒想到，危急的時候，老鼠不曾因為小白貓的驕傲而不理睬他，卻救了貓。

也許，明天他應該記得隨手關上公寓的大門，這樣，不但對他家有幫助，對所有公寓的人都有幫助。

隨心所欲看漫畫

芊玉是個漫畫迷，只要碰到漫畫，她就像咕嚕看到魔戒或是蜜蜂發現花蜜，根本抗拒不了誘惑，非要把漫畫看完，彷彿才填飽肚皮的荒島飢民，心滿意足的回到現實世界。

因為沉溺於漫畫，芊玉的學業成績也受到影響，於是，爸爸規定她寫完功課才可以看漫畫，媽媽則是嚴格監督她不准到店裡租漫畫、跟同學借漫畫，更是不准買漫畫。

有一次，詩涵好心借了芊玉剛出版的新漫畫，結果芊玉媽媽立刻打電話指責詩涵，甚至怪詩涵媽媽沒有管好自己女兒，詩涵氣得不跟芊玉說話，芊玉也覺得很沒面子。

雖然如此，芊玉還是脫離不了漫畫的牽制，她只要一天不看漫畫，她一天就提不起精神，只好想盡辦法把漫畫藏在隱密的角落，趁著爸媽不在家的時候，偷偷拿出來看。

這天放學後，芊玉以最快速度趕回家，因為早上媽媽告訴她，公司要開會，要晚一點回來，這正是她偷看漫畫的好時機。

把書包丟在床上，芊玉立刻搬了椅子，爬上媽媽的衣櫥頂，找出漫畫《閃電美少女》和《藍絲絨騎士》，興奮的衝回房間，津津有味的翻閱著。她一會兒是趁著閃電來到城市救人的美少女，一會兒搖身一變為喜歡穿藍絲絨外套的帥氣騎士，由於太專心了，根本沒有聽到媽媽打來的電話。

直到她的手機響起，立刻傳來媽媽嘰哩呱啦的叫聲，「你是不是又在看漫畫了，所以沒有聽到電話鈴聲？」

芊玉下意識說了謊，「我沒沒……有啦，我太睏了，不小心睡著了。」

媽媽交代她先洗米煮飯，並且把陽台晾晒的衣物收下來，「太陽快下山了，衣服會變潮，掛了電話，立刻去收喔！」

「好好好！」芊玉嘴裡應和著，心裡想著還沒有看完的漫畫，只差三本，看完了再收衣服、煮飯，絕對來得及。

看漫畫的時間過得特別快，當她猛抬頭發現天已經黑了，趕緊到廚房煮飯，連米也來不及洗了，加了水，就放入電鍋。才走到陽台收衣服，已經聽到媽媽用鑰匙開門的聲音，她一緊張，從椅子上滑了下來，

屁股都摔痛了。

　　媽媽走過來，一邊拉起她，一邊問，「為什麼不聽媽媽的話？現在才要收衣服？」

　　媽媽似乎猜到什麼，隨即走到芊玉的房間，果然看到攤了一地的漫畫，氣呼呼的說，「你這個小孩，就是不聽話，你立刻把這些漫畫丟掉，」媽媽頓了頓，「不行，這樣太浪費了，你把漫畫送去『故事寶盒』，看看故事奶奶要不要？再請她寫個收據，證明她拿到這些漫畫了。至於怎麼處罰你，回來再說。」

　　芊玉垂頭喪氣的走出家門，怪自己不懂得控制時間，節省了好幾個月零用錢買的漫畫書，就這麼泡湯了。

　　走到「故事寶盒」店裡，故事奶奶正在大掃除，見到芊玉，笑咪咪的說，「怎麼？又被媽媽抓到妳看漫畫了？來，不要生氣了，先幫我拖地，等你放暑假的時候，我再免費招待妳看漫畫。」

「你的地看起來很乾淨，為什麼要拖地呢？」芊玉問。

「因為小朋友都喜歡坐在地上看書啊！趁著現在沒人，趕快把地拖一拖。你回家的時候，把這本《隨心所欲的國王》帶回去，我想，你媽媽應該不會沒收這本書的。」

《隨心所欲的國王》是喜歡大吃大喝的國王，還是不愛穿衣服整天光溜溜的國王？芊玉忍不住翻閱起來。

隨心所欲的國王

嚴厲國的國王向來都是按照規章、法條做事，所以整個國家雖然氣氛嚴肅，卻井井有條。

沒想到，國王突然染了重病，去世了。

他唯一的兒子立刻登基，當了國王。

從小被老國王嚴格管教的他，十分討厭受到約束的生活，於是，他頒布法令，全國上下都可以隨心所欲過日子，任何人都不會因為隨心所欲而受到處罰。

同時，他為了表明自己隨心所欲的決心，乾脆把國名也改為「隨心所欲國」。

這麼一來，小朋友可以在家裡睡覺、看電視，不去學校上課。爸爸不敢罵他，學校也不會記他曠課。

老師呢？受不了調皮搗蛋的學生，把沉重的作業簿丟進垃圾桶，優哉游哉的到海邊釣魚。再也不用擔心沒有批改好作業簿，會遭到校長懲處。

喜歡熬夜的麵包師父改在半夜烤麵包，白天回家睡大覺、下午跟朋友下棋、吃花生、喝啤酒聊天。至於他的麵包有沒有人買，他也不在乎了。

平常熱鬧非凡的市場裡，攤位卻空了一大半，因為有些老闆爬山，有些老闆泡溫泉，有些老闆跟家人聚餐。反正只要他們心情好，隨時可以回到市場賣菜賣肉賣魚。

醫院裡的情形更誇張，護士向病人說再見，跟男朋友約會去了，醫生離開手術室，到遊樂場練習丟飛鏢。能夠遠離充滿藥水味的地方，他們覺得空氣變得清新了，心情也變好了。

國王到各地巡視，看到每個人臉上都充滿笑容，十分滿意自己的「德政」，讓大家可以脫離過去嚴肅生活的綑綁，不再束手束腳。

一天天過去了，國王開始發現宮廷裡服侍他的人愈來愈少，當他肚子餓的時候，卻等不到飯吃。

他十分生氣的把管家叫來問，「為什麼過了午餐時間，我卻看不到餐桌上有食物？」

管家告訴他，「報告國王，大廚去旅行、二廚參加歌唱比賽、三廚按摩換膚去了。」

「太過分了，立刻開除他們。」

「報告國王，你頒布的法令說你不能處罰他們。」

這時，國王渾身黏膩膩的都

是汗味，於是他跟管家說，「好了，好了，你先去幫我放水，我要洗澡了。」

「報告國王，我太太說今天的陽光很好，要我陪她去野餐，你只好自己放水了。」

說完，管家也走了。

國王十分生氣，他對大家這麼好，為什麼大家卻不感激他，一個個離開他。

國王只好自己放水洗澡、自己下廚房煮冷凍水餃。

夜裡，累得全身痠痛的國王，剛剛要睡著，窗外突然傳來爆裂聲，他嚇得衝到窗前，只見滿天煙火映亮了夜空，即使拉上窗簾，也只能遮住火光，卻阻不斷「碰碰碰」的聲響，國王的頭都快要炸掉了。

「是誰這麼過分？三更半夜放煙火？」

國王開始懷念以前的生活，難道隨心所欲錯了嗎？

- 國王為什麼要把國家的名字改為「隨心所欲」？
- 醫生和護士隨心所欲的不上班，會發生什麼事？

芊玉已經走到家門口，她抱著《隨心所欲的國王》這本書，輕輕嘆了一口氣，莫非故事奶奶想要告訴她，如果一直沉迷在漫畫書裡，會發生什麼事？

進到屋裡，芊玉已經聞到菜香，媽媽雖然忙著開會，累了一天，還是做飯燒菜給她吃，而她呢？只是洗米煮飯、收衣服的小事都做不好。

媽媽呼喚著她，「芊玉啊！趕快來準備碗筷了。

這一次媽媽就不處罰你，只要你記得做好自己份內的事。」

芊玉以最快的速度洗了手，到廚房拿碗筷，等爸爸回家，他們就可以開飯了。

驅走死亡的黑暗

每個人都有自己的口頭禪，惠晴家也不例外，但是，惠晴很擔心，這些口頭禪如果變成真的，那實在太暴力血腥了。

因為爸爸每次在公司裡跟主管吵架，他回家一進門就會說，「氣死了，竟然碰到這麼一個惡經理，整天都是一副死人臉。」

媽媽如果買了不新鮮的魚，就會詛咒賣魚的攤販，「像這種沒有良心的人，全家都會死光光。」

哥哥放學騎機車回來，如果遇到路霸，就會破口大罵，「這種路霸，開車不守規矩，總有一天會被車子撞死。」

姊姊的嘴巴也善良不到哪裡去，她只要跟男朋友

吵架，就會說，「死小熊、爛小熊，早死早超生。」

惠晴在她家好像是異類，她一點也不喜歡說到跟「死」有關的字眼，因為她念幼稚園時，心愛的小貓咪咪死了，當她知道永遠見不到咪咪時，她哭得很傷心，好幾天吃不下飯。

貓死了，她都會這麼傷心，如果人死了，那不是更難過？即使死掉的不是她的家人，別人也有家人啊！所以，她說話的時候，都要非常小心，免得被汙染了口舌，控制不住脫口而出「死」這個字。

上數學課時，老師發下考卷，惠晴考得不理想，偏偏坐在她旁邊的王皓卻考了全班最高分，王皓嘲笑她，「說你笨，還不足以形容你，這麼簡單的題目，你竟然只考了18分，你完蛋了。」

「什麼完蛋了，我又不是鴨蛋雞蛋鵝蛋。」

「的確不是，你是驢蛋！哈！哈！哈！」王皓笑得好大聲，還故意彎下腰，誇張的笑個不停。

惠晴氣得罵回去，「你想死啊！說話這麼難聽。」說完，她就後悔了，但是，話像潑出去的水，收不回來了。

懊惱的她，一個晚上沒有睡好，很擔心一語成讖。第二天到了學校，還沒走進教室，建志在後面拍拍她，「喂！李惠晴，你知不知道王皓死了？」

惠晴渾身一冷，彷彿有蛇爬過她的背脊，回過頭就說，「你不要亂開玩笑。這種話不能亂說。」

「真的。他爸爸欠了人家錢，還不出來，就帶著他一起跳河了。」建志眼睛泛著淚光，低著頭走開了。

惠晴靠著牆，兩腳一軟蹲了下去，難道真的是她

昨天的一句話「你想死啊！」靈驗了，這一剎那，她覺得王皓不是被他爸爸推入河裡，而是她的話語殺死了他。

一整天，她悶悶的哭著，營養午餐不想吃，課也無心上，老師以為她為王皓傷心，勸她早點回家。

她走在路上，想念著王皓，他雖然有時候會說一些惹人厭的話，可是他對她還是不錯的，有好吃的一定分給她，隔壁班男生欺負她，也會保護她。可是，他已經走了，她再也無法跟他說謝謝了。

「我好喜歡聽故事奶奶的故事，再壞的心情都會變好呢！」有人從惠晴身邊走過，好像是對著她說話。

她抬起頭來，見到了「故事寶盒」的招牌閃閃發光，透著一股奇異的力量。於是，她走進店裡，看到一個立牌寫著，「你的眼淚積滿眼眶，快要爆出來了嗎？你的心裡好像長滿了苦瓜，好苦好苦嗎？你希望立刻變快樂嗎？故事寶盒裡的故事，可以讓你實現願望。」

她猶豫著是否要伸手拿故事，滿頭捲髮的故事奶奶笑咪咪的跟她說，「我幫你挑一個故事好嗎？看你那麼傷心，我就免費送給你。」

她接過《杜鵑開花了》的故事，走到公園的涼椅上，慢慢翻閱著。

杜鵑開花了

天氣漸漸炎熱，含苞的杜鵑花騷動著，性急的小粉用力的張開自己的花瓣，伸了一個懶腰，望著周遭的車來車往，好不熱鬧。開心的說，「好有趣的世界，我眼睛都要看花了。」

可是，身邊靜悄悄的，沒有人回答她，她左顧右盼，才發現所有的花朵還在沉沉睡著，根本沒有聽到她的話。

她孤單的欣賞著，想要說話的時候只好自言自語。

終於，小紅也打開了她的花瓣，展露她嬌豔的顏色，小白也不甘示弱，緊接在後綻放著。整條冷清的街道，因為杜鵑花的陸續開放，吸引了許多人潮駐足。

愛熱鬧的小粉不斷說著她之前的所見所聞，好像別的花都是沒見過世面的土蛋。

早晨天剛亮，小粉正要繼續說她的「杜鵑快報」，她卻發現自己的視力模糊了，她的頸子虛弱得直不起來，更

糟糕的是，她的身體也彷彿脫了水，軟綿綿的毫無力氣。

「小粉，再見了。」她隱約聽到小白、小紅、小紫……跟她道別。

「我不要死掉，我要留下來。」小粉奮力張開花瓣，但是，徒勞無功，她的身體垂得更低了。

一隻蝴蝶飛過她的身邊，安慰她說，「不要難過了，因為你先開花，你比她們更早帶給這個世界美麗的色彩，所以，你提早離開。你已經完成了你的任務。」

小粉這才點點頭，含著笑，閉上了眼睛。

- 杜鵑花為什麼有的先開？有的後開？
- 小粉先離開世界，是不是很倒楣？

惠晴輕輕闔上故事書，一片褐黃的葉子飄了下來，她轉動著葉柄，似乎有一些明白，王皓的生命雖然短暫，可是，他還是留給他們許多美麗的回憶。

她抬起頭張望遠山，絢爛的夕陽驅走了死亡帶來的灰暗，她決定把王皓沒有活到的生命，延續下去。

我不是愛蹺家

已經過了午夜十二點，爸爸還是沒有出現，小凌知道今天晚上她要在派出所度過了。

警察叔叔過來問她，「你餓不餓？要不要我買麵包給你吃？」

小凌搖搖頭，這時候的她怎麼有心情吃東西呢？她好擔心，爸爸這次決定不管她了。

她也算不清這是她第幾次被帶到派出所了。

剛開始，她放學都會乖乖回家，可是，家裡沒有人，哥哥去補習，廚房沒有香噴噴的食物等她，爸爸也沒有留錢給她買吃的。

爸爸擺小吃攤去了，她只要去找爸爸，一定可以吃一大碗熱呼呼的麵，爸爸還會加一個滷蛋給她，可是，條件是她要幫忙照顧麵攤。

爸爸說過，「你是家裡的一份子，你就應該出一份力。只不過是招呼客人、洗洗碗而已，不是很困難的事。」

可是，她不想去，她理直氣壯的跟爸爸說，「哪有大人不照顧小孩，還要小孩幫忙賺錢的。」

所以，她就自己晃到公園去，看看有沒有大人願意買東西給她吃。因為混到太晚還沒有回家，就被警察叔叔帶到派出所。

爸爸身上繫著圍裙，匆忙趕到派出所帶她回家，罵了她一頓，「我當初要你去跟媽媽住，你不肯，既然你要留下來，就要乖乖聽話，不要製造問題。你自己想清楚，如果還是不願意幫我的忙，你就自己看著辦。」

她覺得爸爸只是嚇唬她，想要逼她去洗碗，她只要撐得比爸爸久，爸爸就會讓步的。

可是，回家又沒有東西吃，警察叔叔說公園太危險，她只好換地方遊蕩，到超級市場或是大賣場裡面，希望可以找到食物，填飽自己肚皮。

早知道她就跟媽媽一起走了。媽媽說她要回老家開美容院，可是，她不喜歡學洗頭髮，天天掃地上的頭髮，她將來也不想當美髮師。

跟著爸爸應該可以過好日子，因為，爸爸每天都穿著西裝，提著帥氣的公事包上班，路上的人看到他，都會跟他打招呼說，「張經理，你早啊！」她覺得很神氣。

而且，哥哥也決定跟爸爸住在一起，哥哥讀書讀得好，可以教她功課，不像媽媽，沒念什麼書，所

以，她放棄了媽媽。

媽媽想盡辦法勸她，「爸爸是男生，你以後長大了，會發現跟他住在一起不方便。」

她卻聽不進去，她喜歡住在城裡，她不要去鄉下小地方，別人問起來，很沒有面子。

可是，她萬萬沒有想到，不到一年，爸爸失業了，汽車、西裝、公事包都上網賣掉，換了一間舊公寓，然後，他決定在巷口擺小吃攤，賣麵條、滷味。

爸爸說，「小凌，你放學回家，到麵攤來幫忙，這樣我就不必請人，可以省下錢讓你哥哥去補習。」

她很生氣，「為什麼我要在家裡做家事？我要寫功課，我要讀書。」

爸爸卻說，「女孩子長大就要嫁人的，你讀那麼多書幹什麼？乖乖跟我去洗碗幫忙，不然我就不給你飯吃。」

小凌不想照爸爸說的話去做，放學後就在外面閒逛。看樣子，這一招沒有用了，爸爸好像只關心哥哥，真的不在乎她的死活。

哼！天無絕人之路，這一次，她決定投靠媽媽。

按照媽媽當初留給她的地址，小凌輾轉搭車來到媽媽工作的美容院，沒想到是一間很漂亮的店，每張椅子上都坐著顧客，看樣子生意很好。

她剛要開口詢問櫃檯的小姐，就看到媽媽正在用吹風機幫客人吹頭髮，她敲敲媽媽面前的玻璃，媽媽抬起頭，一臉的驚訝，好像不很高興似的。更意外的是，小凌看到媽媽的肚子隆了起來，難道媽媽懷孕了？

媽媽陰沉著一張臉走到店外面，冷冷的問她，

「你來做什麼？你又蹺家了嗎？」

小凌連連否認，「我沒有蹺家。媽媽，你這麼說是什麼意思？」

「你爸都告訴我了，說你不聽話，不上學，天天蹺課蹺家，他已經去了八次派出所接你，實在太丟臉了。」

「媽，你冤枉我了，是爸爸不給我飯吃，他只顧哥哥，不管我的死活。」小凌幾乎要哭出來了。

「算了，我不想管你們張家的事，我就要結婚了，我要生下我自己的孩子，你走吧！之前你就做了選擇，你還是回你爸爸那裡去吧！」

小凌萬萬沒有想到事情是這樣的結果，媽媽不要她了，爸爸也不管她了，她到底要到哪裡去？

哭腫了眼，肚子也餓了，所有的錢都用來買車票找媽媽，她怎麼辦？蹲在路邊，小凌哭著哭著昏了過去。

醒來的時候，她面前晃動著故事奶奶捲曲的紅頭髮，她嚇得坐了起來，以為遇見了女巫。

「小妹妹，你不要怕，你在我家門口昏倒了，大概是太餓了吧！我煮了豬肝麵線給你吃，吃飽了，再把故事說給我聽。」

小凌東張西望，看到店外面的招牌，才知道這是她曾經跟媽媽逛過的書店，放心的端起香噴噴的麵線，這味道，讓她想起以前一家和樂相處的畫面，不由得又哭了。

故事奶奶遞面紙給她，「擦擦眼淚吧！你這時候需要一本故事書帶給你歡笑，來，你看看這本《藍眼博美》吧！」

藍眼博美

藍眼是一隻靈巧可愛的博美犬，因為他擁有一雙奇特的藍眼睛，所以主人幫他取了「藍眼」的名字。他在家裡十分得寵，每天跟主人一起睡覺、一起吃飯，甚至躺在主人懷裡一起看電視。

可是，這樣舒服的日子過久了也會膩，一天，窗台上飛來一隻藍鵲，跟他說，「藍眼，你真是可憐，天天關在屋子裡，哪裡也不能去，你看我多自由，愛飛去哪裡就飛去哪裡。春天來了，你應該出去追逐春天。」

追逐春天？這是他家隔壁那隻醜貓才會做的事情，他喜歡待在家裡養尊處優，他才不要上藍鵲的當。

可是，藍鵲幾乎每天都會停在他家窗口，不斷的遊說他，藍眼終於心動了，他想，只不過出去看一看，主人應該不會生氣的。

於是，他趁著主人出門上班，在樓梯口彎腰穿鞋子時，一溜煙竄出去，躲在樓梯下面，等主人走遠，他才悄悄的「登登登」下樓梯。

外面的世界果然像藍鵲說的，非常有趣，除了會「叭叭」叫的車子有點危險之外，他看到花園裡的蝴蝶，聞到炸排骨的味道，還吃到一個甜甜的冰淇淋，太快樂了。

更重要的是，他遇見了另外幾隻狗，他們興高采烈的帶他到垃圾堆尋寶，他正在一袋袋垃圾中鑽來鑽去時，突然聽到其中一隻狗大叫，「快跑，抓狗大隊來了。」

藍眼聽說過抓狗大隊的可怕，如果被抓走了，就準備被火燒死，他再也見不到主人的面了，只好跟著亂竄亂跑。不曉得跑了多久，平時缺乏運動的他，累得喘不過氣來，這才發現他的腳割傷了，金黃色的毛也沾到黑色的泥巴，而那些一起探險的狗全不見了。

天色漸漸暗了，這是主人要回家的時刻，藍眼博美的肚子也餓了，可是，剛才他玩得太高興，卻忘了記住回家的路，怎麼辦呢？

他喝著一窪水灘裡的水，好噁心喔，他差點吐了出來，卻看到自己水中的倒影，竟然如此的狼狽。

突然，他聽到熟悉的聲音，是主人，他正不停呼喚著「藍眼，藍眼，你在哪裡？」

藍眼好興奮喔！正想衝出去叫他的主人，可是，低頭一瞧，自己變得這麼邋遢，主人會要他嗎？說不定主人會罵他一頓，不理他了呢！

轉身正要躲在陰影裡，主人從藍眼的身邊走了過去，他根本沒有認出這隻骯髒的博美狗就是他家的藍眼，他還在不停的呼喚「藍眼，藍眼寶貝，你到哪裡去了？」

藍眼聽得出主人聲音裡的哀傷，可是，他更傷心難過，因為主人完全不認得他了，他要走過去叫住主人，告訴他，他就是他心愛的藍眼嗎？

藍眼博美為什麼要離家出走？

藍眼博美為什麼不敢跟主人相認？

看到這裡，小凌擱下了《藍眼博美》，她的眼睛紅紅的，是哭得太多的緣故吧！她這時候也像藍眼博美一般，明明有家，卻不敢回去，也不想回去。

故事奶奶招呼她，「來，小凌，你把碗洗乾淨，我去切水果給你吃。」

當小凌洗好碗，故事奶奶為她鼓掌，「你看你，把碗洗得好乾淨。吃完水果，我送你回家吧！爸爸也很辛苦，你就幫他忙，去洗洗碗，只要你想讀書，我相信你爸爸會實現你的願望的。」

小凌又望了一眼桌上的《藍眼博美》，小聲的說，「故事奶奶，你可不可以告訴藍眼博美，他也要鼓起勇氣回家喔！」

國家圖書館出版品預行編目資料

故事奶奶的故事寶盒／溫小平著；林傳宗圖.
-- 初版 . --台北市：幼獅，2011.05
面；　公分. --（多寶槅；169）

ISBN 978-957-574-827-2（平裝）

859.6　　100004651

多寶槅169◎文藝抽屜

故事奶奶的故事寶盒

作　　者＝溫小平
繪　　者＝林傳宗
出 版 者＝幼獅文化事業股份有限公司
發 行 人＝李鍾桂
總 經 理＝廖翰聲
總 編 輯＝劉淑華
主　　編＝林泊瑜
編　　輯＝黃淨閔
美術編輯＝李祥銘
總 公 司＝10045台北市重慶南路1段66-1號3樓
電　　話＝(02)2311-2832
傳　　真＝(02)2311-5368
郵政劃撥＝00033368

門市
・松江展示中心：10422台北市松江路219號
電話：(02)2502-5858轉734　傳真：(02)2503-6601
・苗栗育達店：36143苗栗縣造橋鄉談文村學府路168號（育達商業科技大學內）
電話：(037)652-191　傳真：(037)652-251

印　刷＝崇寶彩藝印刷股份有限公司
定　價＝250元
港　幣＝83元
初　版＝2011.05
書　號＝984143

幼獅樂讀網
http://www.youth.com.tw
e-mail:customer@youth.com.tw

行政院新聞局核准登記證局版台業字第0143號

幼獅文化公司／讀者服務卡／

感謝您購買幼獅公司出版的好書！
為提升服務品質與出版更優質的圖書，敬請撥冗填寫後（免貼郵票）擲寄本公司，或傳真（傳真電話02-23115368），我們將參考您的意見、分享您的觀點，出版更多的好書。並不定期提供您相關書訊、活動、特惠專案等。謝謝！

基本資料

姓名：……………………先生／小姐

婚姻狀況：□已婚 □未婚　職業：□學生 □公教 □上班族 □家管 □其他

出生：民國……………年……………月……………日

電話：（公）……………（宅）……………（手機）……………

e-mail：……………………

聯絡地址：……………………

1.您所購買的書名：**故事奶奶的故事寶盒**

2.您通常以何種方式購書?：□1.書店買書 □2.網路購書 □3.傳真訂購 □4.郵局劃撥
（可複選）□5.幼獅門市 □6.團體訂購 □7.其他

3.您是否曾買過幼獅其他出版品：□是，□1.圖書 □2.幼獅文藝 □3.幼獅少年
□否

4.您從何處得知本書訊息：□1.師長介紹 □2.朋友介紹 □3.幼獅少年雜誌
（可複選）□4.幼獅文藝雜誌 □5.報章雜誌書評介紹……………報
□6.DM傳單、海報 □7.書店 □8.廣播(　　　　　)
□9.電子報、edm □10.其他……………

5.您喜歡本書的原因：□1.作者 □2.書名 □3.內容 □4.封面設計 □5.其他

6.您不喜歡本書的原因：□1.作者 □2.書名 □3.內容 □4.封面設計 □5.其他

7.您希望得知的出版訊息：□1.青少年讀物 □2.兒童讀物 □3.親子叢書
□4.教師充電系列 □5.其他

8.您覺得本書的價格：□1.偏高 □2.合理 □3.偏低

9.讀完本書後您覺得：□1.很有收穫 □2.有收穫 □3.收穫不多 □4.沒收穫

10.敬請推薦親友，共同加入我們的閱讀計畫，我們將適時寄送相關書訊，以豐富書香與心靈的空間：

(1)姓名……………e-mail……………電話……………

(2)姓名……………e-mail……………電話……………

(3)姓名……………e-mail……………電話……………

11.您對本書或本公司的建議：

10045 台北市重慶南路一段66-1號3樓

幼獅文化事業股份有限公司

請沿虛線對折寄回

客服專線：02-23112832分機208　傳真：02-23115368

e-mail：customer@youth.com.tw

幼獅樂讀網http：//www.youth.com.tw